보통의 집구석

보통의 집구석

초판 1쇄 발행 2023년 5월 5일

지은이 정다영

책임편집 윤소연 **일러스트** 도아마(Doaama)
마케팅 임동건 **마케팅지원** 안보라 **경영지원** 이지원

펴낸곳 파지트 **펴낸이** 최익성
출판총괄 송준기 **출판등록** 제2021-000049호

주소 경기도 화성시 동탄원천로 354-28 | **전화** 070-7672-1001
이메일 pazit.book@gmail.com | **인스타** @pazit.book

ISBN 979-11-92381-57-2 03810

• 책값은 뒤표지에 있습니다.
• 이 책의 본문은 을유 1945 서체를 사용했습니다.

보통의 집구석

재혼가정 자녀의 가족 성장 에세이

정다영 지음

pazit

차례

1부
남겨진 우리

2부

인생의 유일한 동아줄

1부

남겨진 우리

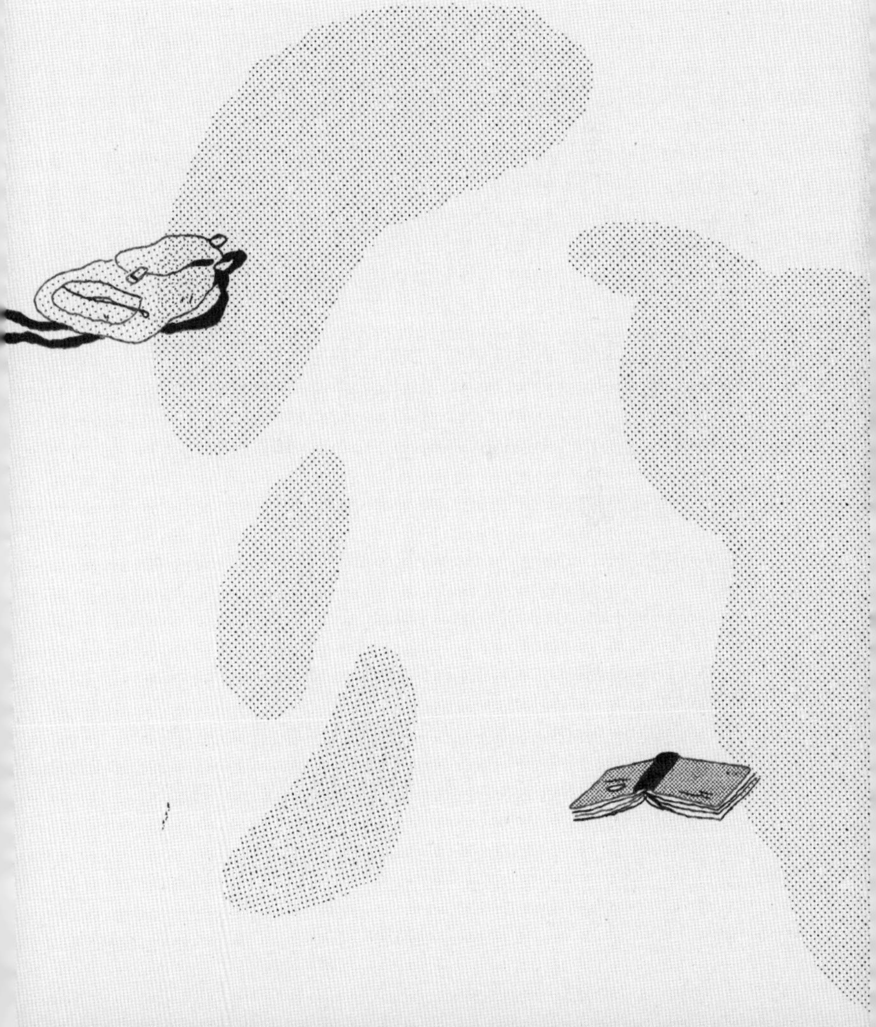

쓰러진 파키라 나무

살림살이가 부서지는 소리가 들렸다. 방에서 숨죽이고 있어 확실하진 않지만, 아마 파키라가 심어져 있는 화분이 깨진 것 같았다. 저번 부부 싸움에도 아빠가 휘두른 막대기에 파키라 화분이 맞아 쓰러진 전적이 있었다. 문틈 사이로 옅은 빛과 엄마 아빠의 고성이 연달아 들렸다. 오늘도 '네가 잘못했네' '아니 당신이 잘못했네'로 서로 탓하는 내용들이 이어지고 아빠의 흥분한 숨소리가 황소마냥 커다랗게 집 안의 열기를 덥혔다.

방 안에 피신해 있던 우리는 침대 가장 안쪽에 나란히 쭈그려 앉아 있었다. 닭똥 같은 눈물만 연신 흘리는 열네 살 동생과 다르게 나는 미간을 한껏 찌푸리고 두 손으로 귀를 막았다. 이런다고 해서 안 들릴 게 아니라는 걸 알았지만, 최대한 외부의 소리를 피해 내 안의 소리에 집중하려고 노력했다. 그러자, 심장 맥박 소리가 평소보다 훨씬 빨리 뛰고 있었다. 두근두근. 미치도록 뛰는 이 소리마저 불안해 이불을 움켜쥐고 머리 끝까지 덮었다. 그러자 동생이 떨리는 손으로 내 몸을 흔들며 말한다.

"언니, 괜찮아?" 자기도 불안하고, 고통스러우면서 나를 위로해 준다. 이 집에서 가장 연약하고 보호받아야 하는 존재가 제일 어른처럼 행동했다. 정작 바깥에 있는 부모들은 포식자가 되어 서로를 물고 뜯느라 우리 따위는 안중에도 없는 것 같았다. 가끔 그들에게는 가정의 안정보다 본인의 자존심을 지키는 일이 우선이 될 때가 있나 보다. 이럴 때마다 우리의 무너지는 마음과 공포가 얼마나 큰지 알고 있을까?

아마 잘 모르는 것 같다. 안다면 이럴 수 없다. 숨 가쁘게 조마조마하고, 큰 소리 한 번에 마음결이 찢어지고, 불행이란 감정이 온몸을 뒤덮는다. 그 심정을 안다면 당신들은 그럴 수 없었다.

어느새 차츰 소리가 잠잠해지자 동생의 훌쩍임도 멈췄다. 그리고 잠시 뒤, 아빠의 불호령이 이번엔 우릴 향해 날아왔다. "야! 너희들 빨리 나와 봐!" 평소에는 살갑게 나와 동생의 이름을 부르며 퍽 다정스러우면서도 화가 나면 좀처럼 스스로를 제어하지 못하는 사람이었다.

쿵쿵대는 가슴을 쓸어내리고 거실로 나가자 눈가가 빨개진 엄마의 참혹한 표정이 보였다. 저 모습을 보니, 몇 년 전 엄마가 아빠에게 팔이 잡혀 끌려가는 걸 동생이 울며불며 말리던 게 떠올랐다. 난 그때 뭐하고 있었는지 기억이 안 난다. 그저 멍하니 지켜만 보던 불효녀였던 것 같다. 엄마는 우리 쪽으로 시선을 두다가 화가 난 듯 바닥으로 시선을 거두고는 동생 방으로 들어가 버렸다. 그리고 역시나 예상대로 파키라 화분이 쓰러져 화분 조각과 흙무더기가 바닥에 널브러져 있었다.

내가 부모라면 싸움이 일어난 후 폐허가 된 상황을 절대로 자식들에게 보여 주지 않을 거다. 폭력과 폭언으로 망가진 어른들의 표정과 적막을 아이들이 볼 수 없도록 두 눈을 가려 줬을 거다. 하지만 우리 시대의 어른들은 그런 섬세함을 갖추고 있지 않았다. 삼시 세끼 먹여 주고, 튼튼

한 집과 멀끔한 옷만 입혀 주면 부모의 도리를 다한다고 생각하는 어른들이 그때도 많았고, 지금도 많이들 있다.

진보적인 엄마와 가부장적인 아빠는 항상 탈이 났다. 아내는 조신함을 갖추고 살림만 도맡아 해야 한다고 주장하는 아빠와 항상 도전적이고 살림보다는 자기의 일을 최우선으로 하는 엄마는 물과 기름처럼 섞일 수가 없었다. 이번에도 두 사람의 다른 가치관이 충돌하여 싸움이 시작됐고, 작은 불씨는 화마처럼 번져 집 안을 에워쌌다.

아빠는 나와 동생을 불러 놓고 어른들의 일에 끼면 안 된다는 것을 강조했다. 그리고 이 상황들이 신물이 나 무심해진 나에 비해 '엄마에게 그러지 마'라고 한마디 거들었던 동생에게는 편을 든다며 으름장을 놓기까지 했다.

참 이상한 일이었다. 불편한 상황을 멋대로 만들어 놓았으면서, 평온하게 지내고 있는 안정을 흔들어 놓은 게 당신이면서 멈춰 달라고, 어른들의 일이라고만 치부한다. 그래 놓고 열네 살짜리 동생에게는 편가르기를 한다며 혼쭐을 내는 모양새가 우스웠다. 나는 이때부터 어른이 된다는 건 꼭 나이를 먹는 것이 필수가 아니라는 것을 알았다.

옆에서 훌쩍이는 동생을 보며 나는 몇 년 전과 마찬가지로 또 아무 말도 하지 못했다. 아빠가 무서운 것도 있었지만 이상하게도 쓰러진 파키라에만 계속 시선이 머물렀다. 뿌리가 꺾인 파키라 나무 한 그루. 고래 싸움에 새우 등 터지는 꼴이 딱 저 나무와 우리 자매가 다를 것이 없었다.

10년도 지난 지금, 이 얘기를 다시 한다면 아빠가 어떻게 반응할지 궁금하다. 외면할지, 정식으로 사과를 할지 혹은 다 잊어버렸을 수도 있겠지만 적어도 나는 어른이 된 지금까지 기억이 생생하다. 파키라 화분이 쓰러진 횟수, 그날의 분위기와 긴장감, 바깥에서 들려오는 가시 돋친 대화들. 그리고 몇 번이고 똑같이 반복되는 싸움의 나날들. 어른들은 시간이 지나면 아이들이 대부분 잊을 거라고 생각하겠지만 그건 큰 착각이다. 문득문득 떠오르고, 그때의 일들이 현재를 살아가는 데 불안과 고통을 가져다 준다. 그래서 난, 가끔 파키라 화분을 보면 그때의 분위기와 감정이 생각나 차마 키울 수가 없어진다.

자식의 마음

엄마는 나를 낳고 얼마 있지 않아 산후 우울증이 왔었다고 한다. 나는 모든 어른들이 질색팔색할 만큼 밤낮 안 가리고 지겹게 우는 아이였다. 엄마는 그런 나를 어르고 달래다 밤을 꼬박 새는 일이 많았고, 아빠의 도움을 받고 싶었지만 아빠는 내 울음소리에 짜증만 낼 뿐이었다고 했다. 그렇게 독박 육아에 찌든 엄마가 16층 창문을 멍하니 바라보면서 '저길 뛰어내리면 어떨까?'라는 생각을 잠깐이지만 했다고 한다.

엄마는 이렇게 죽음과 이별에 대한 이야기를 종종 했다. 그래서인지 난 어렸을 때부터 내 세상의 전부인 엄마가 갑작스럽게 세상에서 사라질까 매사 전전긍긍하며 불안에 떨었다. 엄마가 조금이라도 멀리 나간다 싶으면 걱정부터 됐고, 잠깐이라도 연락을 받지 않으면 나를 버리고 가지 않았을까 싶어 직장에까지 전화를 걸고 꼭 존재 여부를 확인해야 했다.

엄마는 "너희 때문에 아빠랑 산다" "진짜 너희가 없었으면 그때 죽었을지도 몰라" 같은 말들로 얼마나 큰 희생을 하며 불행을 안고 사는지 확인시켜 주려고 했다. 이젠 머리가 커진 딸들에게 위로를 받고 싶어 한 말이었겠지만, 자식 입장에서는 우리가 엄마의 행복을 방해하고 삶을 망가뜨리게 한 불운한 존재가 된 것 같아 늘 죄책감에 시달렸다. 엄마가 행복하기 위해선 우리가 없어야 하는 건가? 내가 태어나지 않았으면 엄마의 삶은 지금보다 낫지 않았을까?

그래서인지 나는 '나의 쓸모'에 관해 많은 생각을 하게 됐다. 자신에게 집중하는 시간은 물론 필요했지만, 그 이상으로 하게 되면 스스로에게 불신이 생겨 버렸고 극단적이게도 본인을 쓸모 없는 인간이라고 단정지어 버렸다. 엄마의 의도가 어땠건, 감정의 해소가 우리들에게는 독이었고 상처이기도 했다.

동생은 차라리 두 사람이 이혼을 했으면 좋겠다고 바랐다. 엄마의 노력에 배반하는 의견이었지만 나 또한 동의하는 바였다. 억지로 옭아매는 가족은 건강할 수 없었고, 그 속에서 자라나고 있는 우리는 당연히 행복할 수가 없었다. 부모, 자녀 누구 하나 행복하지 않다면 굳이 함께 해야 할 필요성을 못 느꼈다. 엄마 또한 지키려고 하는 게 이런 것은 아니었을 것이다. 아빠 또한 이런 가족을 원하지 않았을 것이다. 동생과 나도 마찬가지였다. 우린 서로에게 이미 지쳐 있었다.

언제 우리 가족이 행복했었는지 기억이 잘 나질 않았다. 서로 다정스럽게 말을 주고받은 적은 있었나 싶을 정도로 까마득했고 넷이 한 집에 모여 있는 것조차 너무 오래전 일이었다. 가끔씩 아빠의 강요로 인해 식사를 한 끼 하더라도 꼭 가시 돋친 말들이 오고 갔고, 서로 밥 한술 뜰 때마다 체하는 기분으로 겨우겨우 그릇을 비워냈다. 그마저도 엄마는 식탁에 5분 이상 앉아 있질 못했다.

이런 상황에서 우리 때문에 이혼을 하지 못한다는 건 내가 이해할 수 없는 어른들만의 아이러니였다. 서로가 헤어지지 않을 거라면, 가족을 진정으로 지키려고 한다면 부부가 함께 잘 살려고 노력을 하는 게 우선이지 않았을까. 그런 노력조차 하지 않으면서 가족의 틀만 갖고 싶은 엄마와 아빠가 너무 이기적인 것 같았다. 더 나아가 어쩌면, 나와 동생 때문보다는 본인들의 평판과 두려움 때문에 못 하는 건 아닐까 싶은 생각도 들 수밖에 없었다. 이미 우리들 눈에는 진작 두 사람이 헤어진 것이나 다름없었기 때문에 우리 가족 자체가 쇼윈도였다.

엄마가 우리를 위한 희생을 멈추길 바랐다. 엄마를 불행하게 만든다는 죄책감에서 벗어나고 싶었고, 무엇보다 엄마가 자유롭고 행복한 삶을 즐길 줄 아는 사람이 되기를 간절히 원했다. 부모가 자식의 행복을 염원하듯, 자녀들 또한 부모가 행복해지길 원하는 마음은 똑같다.

이혼 가정 아이

초등학교 4학년 때 학교에서 이혼 가정 아이가 있다는 소문이 퍼진 적이 있다. 그 당시에는 이혼 가정이 흔하지도 않았고, 있다 하더라도 쉬쉬하는 분위기라 친구들 사이에선 꽤나 흥미로운 이야깃거리였다. 난 소문의 주인공을 실제로 보기도 전에 그 아이에 대한 신상 정보와 가정사를 대충 주워들어 이미 파악한 상황이었다. 모두 그 친구를 안쓰럽게 여기기도 했지만 한편으로는 기피하는 분위기도 자자했다.

그렇게 한 학년이 올라가고 같은 반에서 머리를 높게 올려 묶은 예쁘장한 아이를 만났다. 소문의 주인공인 여운이었다. 여운이의 이름을 듣자마자 난 바보 같이 '엄마가 이혼한 애'라는 생각과 선입견들이 동시에 떠올라 쉽게 다가가지 못했다. 그때는 부모의 이혼을 마치 역병처럼 엄청나게 나쁘고 공포스러운 것이라 여겼기 때문에, 여운이가 싫은 건 아니었지만 어쩐지 다가가기에 어려운 구석이 있었다.

하지만 내 예상과 다르게 여운이는 보통의 아이들처럼 밝고, 엄마를 무척 사랑할 줄 아는 아이였다. 그 친구와 몇 마디를 나누자마자 그 전까지 내가 갖고 있는 선입견이 얼마나 바보 같고 하찮은 것인지 깨달았다. 어린 시절 상처를 가지고 있으면서도 당당하고 오히려 본인을 무시하는 아이들을 불쌍하게 여겼던 여운이.

"엄마랑 아빠가 이혼하게 됐다."

여운이가 유독 생각나던 그날, 아빠가 나와 동생을 거실로 불러 놓고 한 말이었다. 엄마는 없고, 고개를 푹 숙인 아빠만이 우리 앞에서 미안하다는 말을 끝으로 별다른 이야기는 하지 않았다. 그저 '엄마와 아빠가 함께 있는 것보다 서로의 길을 가는 게 우리들에게도 더 좋을 거 같다'는 말이 전부였다.

언젠가는 이런 순간이 찾아올 거라고 생각했고, 간절히 원했던 적도 많았다. 당장 어제까지만 해도 냉랭한 가족 분위기를 보며 '차라리 이럴 거면 이혼을 하지'라고 생각하기도 했다. 하지만 그렇다고 해서 이런 식은 아니었다. 아무런 설명 없는 통보와 자기들만의 의사 결정. 우리가 봐도 더 이상 함께 사는 게 서로에게 좋지 않다는 건 누구보다 나와 동생이 더 잘 알았다. 그런 당연한 이야기를 우리는 듣고 싶은 게 아니었다.

이혼이라는 중대한 사항을 결정하기로 했다면, 적어도 결정을 내리기 전에 한 번쯤 우리의 생각을 물어봐 줬어야 했다. 그리고 엄마와 아빠가 함께 나와서 왜 이혼을 하려고 하는지에 대한 각자의 설명과 그럼에도 불구하고 우리를 사랑한다는 마음의 표현을 듣고 싶었다. 하지만 우리는 어떠한 설명과 이해를 요구받을 수 없었다. 터무니 없는 변명조차도 없었다.

그 말을 듣는 순간, 이혼을 바랐던 내 마음은 아이러니하게도 절망적이었다. 이제 막 고등학교에 입학해서 적응할 새도 없이, 부모님이 이혼을 한다고 하니 슬프기보다는 억울하고 화나는 감정이 먼저였다. 아빠는 무슨 말을 듣고 싶은 건지 아니면 이대로 지나가길 바라는 건지 묵묵히 바닥만 바라보고 있고, 나는 씩씩거리며 아랫입술을 꾹 물었다. 그러다 훌쩍거리는 소리를 듣고 옆을 보니 동생이 여느 때처럼 눈물을 후두둑 떨구며 울고 있었다.

나보다 두 살 어린 내 동생. 어쩌면 여기서 가장 고통받고 있을 저 아이가 너무 안쓰러웠다. 난 내 동생이 가여운데, 당신들은 과연 어떤 생각을 하고 있을까. 왜 우린 아무것도 이해받지 못하고 요구받지 못하는 걸까. 하루빨리 어른이 되고 싶었다.

엄마가 이 자리에 왜 나타나지 않았는지는 대충 알았다. 자세한 사정은 알려주지 않았지만 우리의 양육권은 경제력이 있는 아빠에게 가게 되었고, 엄마는 곧 이 집을 떠나 다른 곳으로 거처를 옮겨 주말에만 우리와 만날 수 있게 되었다. 이 또한 우리의 의사와는 전혀 상관없었고, 이미 아빠와 엄마 두 사람이 정해 통보한 것이었다. 모든 게 어처구니없이 따라야만 하는 상황이었다.

밤늦게 살며시 들어온 엄마가 죄인마냥 눈물을 흘리며

우리를 안아줬다. 엄마가 우니, 동생이 울었고, 두 사람이 우니 나도 울었다. 엄마는, 우리에게 평생 죄인이라는 말과 원하면 언제든지 만날 수 있다는 말만 반복했다. 사과는 했지만 엄마 역시 왜 이런 결말이 되었는지 아무 말도 해주지 않았다. 그래서 나도 더 이상 묻지 않았다. 아니, 물을 수 없었다. 엄마의 눈이 그냥 따라주기만을 바라는 눈빛이었다. 하고 싶은 말은 많았지만, 그렇다고 해서 더 상황을 나쁘게 만들고 싶지는 않았기 때문에 당신들이 원하는 대로 침묵한 채 따라가기로 했다.

며칠 후, 엄마는 상자 하나만 달랑 들고 집을 떠났고 아빠는 떠나는 엄마를 쳐다보지도 않았다. 넷이 살았던 집에 엄마의 존재가 사라진 기분은 말도 못 하게 참혹했다. 언제든 연락할 수 있고, 언제든 만날 수 있는 걸 알지만 더 이상 내가 사는 공간에 엄마가 들어올 수 없다는 사실이 참을 수 없을 만큼 힘들었다.

그 순간 다시 여운이가 떠올랐다. 고등학생이 된 나도 이렇게 힘든데, 더 어렸던 너는 어떻게 이 감정들을 버틸 수 있었던 걸까. 부모에 대한 상처와 공백을 넌 어떻게 채

워나간 걸까. 난 열두 살 여운이에게 알려 달라고 하고 싶었다. 이런 순간에는 어떻게 해야 하냐고. 아무것도 할 수 없는 내가 어떡하면 이 지옥에서 벗어나 너처럼 다시 웃으며 당당해질 수 있을지 한번 물어보고 싶었다.

여전한 일상

상황이 어쨌든 애석하게도 시간은 흘러가고 주변의 모든 것들은 나를 기다려 주지 않았다. 부모님의 이혼 소식을 들은 다음 날, 난 평소처럼 교복을 입고 정류장에서 버스를 기다렸다. 봄에서 여름을 넘길 즈음이라 날씨는 살짝 후덥지근했고 저 멀리서 동네 친구 윤정이가 오는 게 보였다.

친구가 오는 풍경을 보며 어제와 다를 것 없는 일상 속에서 내 마음의 근심만 무겁게 그늘져 있다는 걸 느꼈다. 아무것도 알 리 없던 윤정이는 “야” 하고 외치며 덧니를 내밀고 환하게 인사를 했다. 순간 부모님이 이혼했다는 사실이 잠깐 잊혀지고 보통의 나날처럼 느껴졌다. 그래서 나도 살며시 웃으며 빨리 오라는 말만 괜히 반복했다. 윤정이와 버스를 타고, 같이 등교를 하는 내내 평소처럼 아무렇지 않게 굴었다.

시간표대로 수업이 진행되는 것도 여전했고, 점심시간에 친한 친구들끼리 운동장에 모여 산책을 하는 것 또한 여전했다. 친구들은 해맑았고, 날씨 또한 화창했으며 아직 기말고사 기간도 아니라 모든 것이 여유로워 보였다. 난 그 틈 속에서 아닌 척, 썩은 감정을 품고 있었다. 자신을 돌볼 새도 없이 시간은 속절없이 빠르고 순차적이게 지나갔다.

그나마 달라진 것은 하교할 때 더 이상 버스를 타고 집에 돌아가지 않았다는 것. 우리 집에서 학교까지는 걸어서 2시간이 걸리는 거리였으나, 집을 늦게 가고 싶다는 핑계로 난 무작정 걷는 것을 선택했다.

걷는 건 생각을 정리하기에 좋은 행위였고, 현명한 선택이었다. 집에 가는 지름길은 나무와 풀들이 우거진 시골길이 대부분이었고, 차도 많이 다니지 않아 한적하고 조용한 곳이었다. 한 걸음, 한 걸음 걸으며 오늘 있었던 하루를 곱씹거나 엄마를 생각하기도 하고, 집에 돌아가면 무엇을 해야 할지 계획도 짜며 온전히 나만의 시간을 즐길 수 있었다.

특히 난 걸으면서 구름 구경하는 걸 좋아했다. 구름을 보면 내가 겪는 시련들이 잠시나마 생각나지 않았고 마음이 안정됐다. 마치 나만의 탈출구를 찾은 것 같았다. 그렇게 걷다 보면 커다란 감나무가 있는 초록 지붕의 주택을 발견하게 되는데, 그곳에서 홀로 강아지와 고양이들을 키우며 열심히 살아가는 미래를 상상하는 즐거움이 있었다.

잠시나마 숨통이 트이는 순간을 지나 집에 도착하면 어두운 저녁이 됐지만, 어차피 들어가 봤자 나를 반기는 사람은 아무도 없었다. 동생도 동생만의 생각과 시간을 갖고 있었고, 아빠 또한 밖에 외출하는 일이 많아 저녁 늦게 얼굴을 보는 게 전부였다.

텅 빈 집안, 각종 화분들과 똑같은 배치로 나란히 서 있는 가구들. 가족사진이 있어야 할 곳이 텅 빈 것만 빼면 그 전과 다를 것이 없었다. 무심하게 튼 텔레비전 안에서는 <무한도전> 재방송이 연달아 나와 언제나처럼 웃겼고 냉장고 안에는 아빠가 회사에서 가져온 빵들과 삐쩍

마른 과일들이 상해 가고 있는 것 또한 마찬가지였다.

분명 엄마와 함께 살았던 네 명의 집이었는데, 이상하게도 빈자리가 보이지 않았다. 아빠와 엄마가 이혼했다는 흔적이 빈 가족사진 말고는 없다는 사실에 더 서글펐다. 이제 더 이상 두 사람이 싸우는 모습을 보지 않을 수 있어서 좋다고 생각했는데, 같이 있어 서로를 증오하는 것보다 따로 행복을 찾는 편이 더 나을 수 있겠다고 생각했는데….

아무리 다투고 싸우더라도 가족이 함께 있는 것이 더 나았다는 사실을 깨닫자 가슴이 찢어질 듯 아팠다. 마음에 대못이 박힌다는 기분이 이런 것이겠구나 싶었다. 나는 이렇게 힘들고 먹먹한데 시간은 속절없이 지나가는 것 또한 야속했다. 다음날 또 아무렇지 않게 등교를 하고, 수업을 듣고, 다시 집으로 돌아와 이 감정을 계속 마주해야 하는 일들이 열일곱인 나에게는 힘에 부쳤다.

이런 생각들이 들자, 순식간에 몸과 정신은 무기력해져 왔다. 멍해지고, 온몸이 무거워지면서 방 안에 들어가 침대에 주구장창 누워만 있었다. 공부할 의욕도 없었다.

그저 먹거나 자거나 핸드폰을 보는 것뿐. 체력이 필요한 일들은 거의 할 수가 없어 아빠도, 동생도 나를 답답하게 생각했다.

마음의 좌절감과 슬픔이 가득한 나머지 바깥으로 쓸 에너지를 사용하지 못하고 무기력한 상태에서 하루를 맴돌았을 뿐이었다. 이 사실을 나를 포함한 그 누구도 알지 못했다. 사실 각자가 다들 힘들어 누가 누굴 챙길 수 있는 여건은 아니었다. 그럼에도 불구하고 부모님들이 어른으로서 우리의 상황을 먼저 돌봐 주고 알아봐 줬다면 그때의 난 불행을 견딜 힘을 좀 더 갖지 않았을까 하는 아쉬움이 남는다.

고민 상담

마음속 답답한 얘기를 주변에 이야기하는 것보다 나를 잘 모르고 있는 상대에게 터놓을 때가 오히려 해소되고 후련한 기분이 들 때가 있다. 미혜는 나에게 딱 그런 아이였다. 나를 잘 알지는 못하지만, 그렇다고 안 친한 사이는 아니었고 서로 책을 좋아하여 도서실에서 종종 만나는 일이 잦은 친구였다.

그날도 도서실에서 미혜를 만나고 우리는 각자 책을 빌려 잠깐 남은 시간 동안 텅 빈 음악실에 앉아 이야기를 나누고 있었다. 아무도 없고 우리뿐인 고요한 공간 안에서 난, 마음속에 체한 듯 걸려 있던 내 상황을 미혜와 나누고 싶다는 충동이 일었다. 주저하는 듯한 내 모습을 본

미혜가 어리둥절한 표정으로 나를 보며 무슨 일이냐고 묻자, 나는 터놓고 말을 꺼냈다.

"우리 부모님, 얼마 전에 이혼했다?" 대수롭지 않은 듯 내뱉은 말과는 다르게 심장은 쿵쿵쿵 뛰었다. 혹시라도 미혜가 이런 말을 들은 걸 부담스럽게 생각하지는 않을까, 혹은 내가 여운이에게 가졌던 선입견처럼 미혜도 앞으로 날 다르게 볼까 봐 무서운 마음도 들었다. 하지만 한편으로는 적당한 거리가 있는 친구이기에 멀어지더라도 타격이 덜한 편이라 조금 안심하는 부분도 있었다.

미혜는 잠깐의 정적이 있다가 특유의 멍한 표정으로 "너 괜찮아?"라고 대답했다. '왜'라는 호기심 어린 질문보다 나를 생각해 주는 '괜찮냐'라는 대답이 훨씬 듣기 편했다. 그리고 잠시 나도 생각해 보았다. 내가 괜찮은지, 아닌지. 이런 의문을 한 번도 품은 적이 없었고 누구도 물어봐 주지 않아 고민을 하는 데 시간이 걸렸다. 결론은 괜찮지 못했다. 무기력함과 슬픔 속에서 허우적거리며 이러지도 저러지도 못하는 상황이었다. 그래서 미혜에게도 솔직하게 말했다. 아직은 괜찮지 않다고.

"전혀 티를 안 내서 몰랐어. 힘들 텐데 이렇게 말해 줘서 고마워." 담담한 말투였지만 나를 배려하고 있다는 게 느껴졌다. 오히려 내 말에 공감해 주고, 내 고백을 후회하지 않게 해줘서 고마워할 사람은 나였는데 말이다. 이야기를 더 꺼내고 싶었지만 이 이상은 미혜에게도 부담이 되는 것 같아 그만두기로 했다.

내가 부모에게서 느낀 감정들을 타인에게 느끼게 해 주고 싶지 않았다. 분노와 슬픔이 상대방을 얼마나 지치게 만드는지 알았기에 그런 사람이 되지 않으려 부단히 노력했다. 그래서 가까운 친구에게 내 사정을 터놓는 것이 어려웠을지도 모른다. 한 번 물꼬가 터져 버리면 나도 모르게 매 순간 우리 가족의 부정적인 이야기와 투정들로 여러 사람을 시달리게 해 그들이 나를 싫어하게 될까 봐 두려웠다.

하지만 미혜에게 고민을 이야기한 이후로 어려운 상황과 겪고 있는 감정 정도는 타인에게 잠시 의지해도 괜찮다는 생각이 들었다. 내가 타인에게 고민을 털어놓는 것에 대해 부담을 느끼면, 타인의 고민을 내가 들어줄 때도 부담으로 느낀다는 사실을 알았다. 내가 하지 않으니 상대 또한 하지 않았으면 하는 바람이 컸다. 만약 그런 상태로 쭉 사람을 만나 왔다면 깊은 인간관계를 맺는 데 한계가 생겼을 것 같다. 이제는 적당한 선에서 누군가의 고민을 들어주는 것도 좋고, 가끔 내 고민을 터놓고 이야기한다. 인생이 참 어렵지만 속내를 터놓을 관계가 있어 행복하다는 생각을 하면서 말이다.

미혜에게 처음으로 이야기를 꺼낸 것이 나에겐 행운이었을지도 모른다. 놀라지 않고 그 이후에도 혼자만 내 비밀을 간직해 줬던 그녀 덕분에 주변 사람들을 더욱 믿을 수 있었다. 그래서 지금은 부모님의 이혼에 대해 더 당당히 말할 수 있고 가끔 어려움이 있을 때 병원에서 상담을 받는 시간을 갖는다. 이렇게 주변과 소통하는 관계 속에서 마음의 치유를 받는 일을 모든 사람들이 두려워하지 않았으면 좋겠다.

이혼 가정의 명절

추석이 왔다. 내게 명절은 가족들을 만나는 반가운 시간이기보다는 잘 완료해야만 하는 퀘스트 중 하나다. 미리 동생과 전화해 누구네 집으로 먼저 갈지 정해야 했고, 얼마나 있다가 다음 집으로 이동해야 할지도 상의해야 했다. 그렇지 않으면 엄마나 아빠 둘 중 누구 한 명의 감정이 상하는 일이 있기 때문에 나와 동생에게는 중요한 문제였다.

두 사람은 명절 분위기도 정반대였다. 외가와 완전히 연을 끊고 사는 엄마는 홀로 명절을 보냈고, 아빠는 맏아들로서 큰 집을 맡고 있어 할머니, 삼촌, 고모 등 많은 친척들로 집안이 떠들썩했다. 이런 상황 때문에 매년 곤란

할 수밖에 없었다. 아빠네 집으로 먼저 가면 혼자 있는 엄마 생각에 마음이 괴로웠고, 엄마네 집으로 먼저 가면 기다리고 있는 할머니와 친척들이 항상 언제 오냐며 우리를 찾기 일쑤였다.

초반에는 명절 때마다 아빠네 집을 먼저 찾고, 그 다음 엄마네로 향하는 루트로 다녔다. 두 사람이 살고 있는 지역 특성상 그렇게 오고 가는 것이 훨씬 편했기 때문에 나름 우리들 사이에서는 합리적인 방안이라고 생각했다. 그런데 그걸 알게 된 엄마는 명절이 되자마자 시위하듯 잠수를 탔다. 아무리 전화를 해도 받지 않았고, 문자를 몇 번이고 보내 봤지만 되돌아오는 대답은 '오지 마'였다.

엄마가 명절 때마다 아빠 집으로 먼저 향한 우리에게 서운함을 비친 것이었다. 단순히 거리로 계산한 나의 생각과는 다르게 엄마에게는 어떤 집으로 먼저 가는지가 애정의 척도였나 보다. 솔직히 나는 그 투정이 피곤했다. 가까운 거리도 아니고 3시간 가까이 걸리는 거리를 대중교통으로 오고 가며 하룻밤씩 자고 오는 일이 힘에 부쳤다.

그래도 엄마의 서운한 마음이 이해가 되지 않는 건 아니었다. 친척 한 명 없이 홀로 명절을 보내고 있는 와중에 믿고 있던 자식마저 늦게 온다고 하니 더욱 외로운 마음이 들었을 것이다. 그런 마음을 알고 난 후부터는 되도록 엄마에게 먼저 찾아갔다. 다행히 아빠가 그런 것에는 문제를 삼지 않았기에 가능한 일이었다.

몇 번 이런 일을 반복하다 보니 명절이 찾아오는 게 피곤하게만 느껴졌다. 기혼도 아닌 내가 명절에 두 집을 오고 가며 부모의 감정을 살피는 일이 힘에 부쳤다. 그래서 동생은 차라리 연휴에 근무하는 것을 선택했고, 공평하게 아무에게도 가지 않았다. 나도 그러고 싶었지만 혼자 남은 엄마가 불쌍했고, 나를 기다리는 할머니가 눈에 아른거려 차마 안 갈 수는 없었다.

그러다 문득, 내가 결혼을 하게 되면 그때는 명절을 어떻게 보내야 할지 의문이 들었다. 나는 가족이 분리되어 있어 두 번을 나눠 가야 하는데 이걸 미래의 남편이 이해해 줄 수 있을까. 아니면 설날에는 엄마한테 가고, 추석 때는 아빠한테 간다고 한다면 부모님은 이 상황을 받아들여 줄까. 그 속에서 누구 한 명의 감정이 상하고, 나에게 더 많은 이해심을 요구할 것 같아 벌써부터 머리가 지끈거렸다.

어쩌면 난, 이혼 가정이 보내야 할 명절에 조금 지쳐 있는 것 같기도 하다. 분리된 가족 사이에서 누구 한 명 실망시키고 싶지 않은 책임감이 정신적으로도 육체적으로도 피곤하다. 거기다 나중에 미래까지 안고 갈 문제라는 생각이 들 때면 차라리 몸이 두 개였으면 좋겠다.

아빠의 변화

봄이 지나고 여름이 오자, 아빠는 부쩍 수상쩍은 행동들을 많이 했다. 원래도 집에 있는 시간이 많지는 않았지만 나와 동생에게 신경을 거의 써 주지 못할 정도로 밖에 나돌아 다니고, 컴퓨터 비밀번호는 누군가의 생일로 보이는 번호로 바꿔 놓았다. 거기다 외모에 전혀 신경을 쓰지 않던 양반이 새 옷으로 말끔하게 차려입고 나타나 우리를 놀라게 했다.

그 시기 나는 부모님의 이혼에 과도기를 겪고 있었고, 동생 또한 학업 스트레스와 집안 문제로 인해 홀로 고통받고 있는 시간이 많았다. 엄마는 경제적으로 어려워진 상황과 우울증으로 인해 몸도 마음도 피폐해져 나뭇가지처럼 앙상해졌다. 세 모녀는 모진 풍파를 겪고 있는 와중에 본인 혼자 즐거운 아빠를 보니 아니꼬운 마음이 들었다. 하지만 그의 변화를 깊게 생각하고 싶지 않았다. 오히려 집에 있어 봤자 분란만 일으키는 아빠의 존재가 없는 게 나았고, 경제적으로 불만만 없게 해 준다면 차라리 혼자 잘 먹고 잘 지내는 게 편한 일이었다.

그렇게 우린 서로 신경을 쓰지 않았고, 한 집에 살고 있지만 거의 남인 채로 한동안 시간을 보냈다. 지금 와서 생각해 보면 알음알음 아빠의 변화를 눈치챘어도 깊게 관여하고 싶지 않은 마음이 컸던 것 같다. 내가 아빠에게 관심을 갖는 것도, 아빠가 나에게 관심을 갖는 것도 서로에게는 부담일 뿐이었다. 감정적 교류를 나눈 지 너무 오래되었고 그 누구도 더 다가가려는 노력을 하지 않았다.

아빠는 내게 언제 터질지 모르는 시한폭탄이었고 그건 이혼을 하고 난 후에나 전이나 다를 것이 없었기에 난 폭탄이 언제 터질까 늘 마음이 불안했다. 그런 마음이어서 그랬는지, 난 달라진 아빠의 변화를 알아차리지 못했다.

아빠는 느닷없이 방 안에 있던 나와 동생을 거실로 불

러 모으고 테이블에 둘러앉은 우리를 보며 결연한 표정으로 말하기를 주저했다. 그때까지만 해도 나는 아빠에게 새 여자가 생겼으리라고는 상상도 하지 못했다. 조금만 더 관심을 가져보면 알아차릴 수 있었지만, 난 아빠를 모른 척하기 바빴던 상황이었다. 비밀번호를 누군가의 생일로 바꿔 놓고, 외모에 신경을 쓰지 않던 사람이 새 옷을 걸치고 있는 것만 봐도 각이 나오는 일이었는데. 나는 곧이어 나오는 재혼 통보에 뒤통수를 한 대 맞은 사람처럼 표정을 지었다.

이것 역시도 이혼할 때와 다를 것 없이 우리의 의견은 일절 묻지도 않고 새로운 환경에 적응할 시간도 주지 않는 일방적인 발언이었다. 기가 막혀 아무 말도 하지 못하고 있을 때, 내 동생은 진즉 눈치 채고 있던 사람처럼 의연하게 굴었다. 그게 지금 생각해 보면 왜 이렇게 슬픈지 모르겠다. 동생은 알았으면서도 모르는 척했고 속으로 아빠가 이야기하기만을 기다렸을 것이다. 난 그런 담담함이 안쓰러웠고 속으로 삭히기만 했던 동생이 대단하다고 느껴졌다.

“너무 빠르지 않아?” 한참 말이 없던 차에 내가 먼저 이야기를 꺼냈다. 아직 새로운 환경에 적응할 새도 없이 타인이 엄마 자리를 대신 한다는 건 있을 수 없는 일이었다. 하지만 아빠는 재혼 의사를 굽히지 않았다. 얼굴도 본 적 없는 여자의 칭찬을 늘어놓으면서 좋은 가족 구성원이 될 것이라며, 마치 나와 동생을 위한 것인 것마냥 포장했다. 차라리 본인을 위한 일이라고 말했으면 적어도 솔직한 사람이라고 생각했을 것이다.

끝으로 곧 그 여자와 우리가 만날 약속을 잡는다고 말했다. 그 여자에게는 나이가 많은 아들이 있다는 것 외에 별다른 정보는 없었다. 좋은 성품을 가지고 있으며, 우리를 만날 것을 기대하고 있다는 말들도 있었지만 귀에 들어오진 않았다. 그리고 아빠는 몇 번 눈치를 살피다 우리가 말이 없자 조용히 방으로 들어갔다. 자리에서 남겨진 나와 동생은 서로를 번갈아 쳐다봤다.

"너 언제부터 알았어?" 내가 묻자 동생은 멍하니 응시하며 말했다. "할머니랑 통화했는데, 새엄마가 생기면 어떻겠냐고 물어보더라고. 그때 감이 왔지 뭐." 이미 우리보다 먼저 할머니까지 만난 사이였다. 마치 바이러스처럼 그 여자는 내가 모르는 사이에 우리 집안 이곳저곳에 침

투해 번져 가고 있었다. 알면서도 우리에게 모른 척하고 있던 할머니에게도 배신감이 들었고, 17년 동안 함께 살았던 엄마와 헤어지자마자 바로 다른 여자를 집안으로 끌어들인 아빠 또한 경멸스러웠다.

사랑이 부질없다는 건 이미 알고 있었다. 하지만 적어도 두 사람 사이에서 적잖은 의리 정도는 있을 거라고 생각했다. 내 생각보다 더 형편없는 어른의 모습에 또 다른 실망감이 생기며 얹힌 것 같은 기분이 들었다. 상황이 순차적이지 못하고 급하게 진행되는 것 같아 체하다 못해 구역질이 올라왔다.

단순히 이 상황을 철없는 십 대의 투정이라고 보기만은 어렵다. 이혼을 받아들이는 시간이 자녀들에게는 충분히 필요하며 그 미션이 충족이 되었을 때 재혼이라는 다음 스텝을 자연스럽게 받아들일 수 있다. 그런 '충분한 시간'이라는 절차가 우리 사이에서는 빠져 있었기에 새로운 그녀를 만나는 것부터가 어긋난 건 어쩌면 당연한 일일지도 몰랐다.

만남

달리는 차 안에서 삐뚤게 앉아 창문만 하염없이 쳐다봤다. 유리에 비친 내 얼굴은 도살장에 끌려가는 돼지처럼 우환이 가득했다. 차 안에서 늘 재잘거리며 말 많던 동생도 오늘은 아무 말 없이 핸드폰만 쳐다볼 뿐이었다. 운전석에 앉은 아빠의 표정은 한 치의 미동도 없었다.

변두리에 있는 레스토랑에 도착한 우리는 테이블 한쪽으로 나란히 앉았다. 앞에 남은 자리는 곧, 아빠의 여자친구와 그녀의 아들이 앉을 것이었다. 드디어 말로만 듣던 아빠의 여자를 만나는 자리였다. 전날 잠을 설쳐 조금 피곤한 것을 빼고는 생각보다 아무렇지 않았다. 그냥 나도 동생도 빨리 이 시간이 끝나고 집으로 돌아가기만을 바랐다.

얼마 후, 낯선 중년 여성과 젊은 남자가 우리 쪽으로 다가오는 것이 느껴졌다. 아빠는 여유롭게 자리에서 일어나 두 사람에게 손짓을 하며 불렀다. 나 또한 예의를 갖춰 자리에서 일어났고 뒤돌아 그 여자를 처음으로 마주하게 되었다.

'아, 이 여자. 한눈에 봐도 아빠 스타일이다.' 보자마자 알아차렸다. 환한 갈색 빛으로 염색한 머리카락과 여성스럽게 입은 원피스 차림. 나이에 맞는 잔주름이 눈과 입가에 졌지만 그 나이대에 비해 고운 얼굴이었다. 얼핏 생김새와 분위기만으로도 천상 여자라는 게 느껴졌다.

나와 동생은 눈치를 보다 어색하게 인사를 했다. 그에 반해 여자는 방긋 웃으며 우리를 환하게 맞이했고, 옆에 있는 그녀의 아들 또한 따뜻하게 반겼다. 생각보다 나쁘지 않은 첫인상이었다. 적어도 내가 우려하던 동화 속 계모의 모습은 아니라 마음이 놓인 것도 있었다.

마주보고 앉은 우리들 사이에선 곧 적막함이 흘렀다. 나는 어떻게 반응해야 할지 몰랐고, 따뜻한 환대에도 불구하고 내 마음속에 자리 잡은 가시는 아직 꺾이기에 너무 일렀다. 무례하게 굴고 싶은 마음은 없었기에 최대한 말수를 줄인 채 조용히 밥을 먹는 것을 선택했다. 그러자 아빠는 본인이 나서서 우리에게 두 모자를 소개시켜 주었다. 이때 여자의 이름과 나이를 처음으로 알게 되었다.

그녀의 아들은 20대 초반에 대학생이라고 했다. 공부를 곧잘 해 장학금을 받으며 사범대에 진학 중이었다. 얼굴은 여자와 닮아 온순하게 생겼고, 실제로 말하는 것도 나긋나긋하고 말 한마디에서 우리를 배려하는 것이 보였다. 난 십여 년을 장녀로 살면서 늘 오빠가 갖고 싶었다. 이런 식은 아니었지만, 그래도 오빠가 있다면 딱 저런 사람을 원했을 것이다. 지금은 각자의 삶을 사느라 연락을 주고받진 않지만, 아직도 그분에 대한 인상은 좋게 남아 있다.

식사 자리는 대부분 어른들의 주도하에 서로 몇 마디 오가며 끝이 났다. 대화를 나눠 볼수록 여자는 엄마와 정반대의 사람이었다. 집안 살림하는 것이 체질이며 꾸미는 것을 좋아해 미용이나 인테리어에도 관심이 많았다. 바깥에서 시간을 보내는 것보다 집 안에 있기를 좋아했고, 무엇보다 아빠의 고집 센 성격을 잘 받아 줄 것 같았다.

그래서인지 오히려 반감이 들기도 했다. 엄마의 얼굴과 성격을 판박이로 물려받은 난, 말괄량이에 털털한 아이였고 여성스럽고 고분고분한 성향의 사람들과는 맞지 않았다. 공주처럼 세상 물정 몰라 보이는 그 여자는 최악의 대상은 아니었지만, 그렇다고 해서 마음에 드는 것은 아니었다. 처음 본 여자를 다른 '엄마'로 한 번에 받아들일 정도로 난 아직 준비가 되어 있지 않았다.

하지만 그런 내 마음과는 다르게 아빠는 경주마처럼 속전속결로 진행했다. 첫 만남이 지나고 얼마 있지 않아 여자를 우리가 사는 집으로 들였다. 빨리 함께할수록 우리와 정 붙이기가 쉽다는 어리석은 생각을 했을 수도 있고, 본인이 급해서 데려온 것일 수도 있다. 이유가 뭐든 결코 모두에게 좋은 방향은 아니었다.

나와 동생 입장에선 겨우 한 번 만났던 사람과 앞으로 한집에서 살아야 하는 것이었다. 본인은 가까운 연인일지 몰라도 우리에게는 엄연히 남이었는데 말이다. 물론 지금이야, 내게 새엄마는 가족이고 좋은 사람이지만 우린 시작을 잘못했다는 생각을 종종 한다. 조금만 더 마음과 시간의 여유가 있었다면 내가 새로운 가족을, 아빠의 여자이자 또 다른 엄마가 될 사람을 더 쉽게 받아들일 수 있었을 텐데 말이다.

부엌 땅따먹기

새엄마가 우리 집에 들어오면서부터 가족들 간에 신경전이 생겼다. 집 공간을 두고 땅따먹기 하는 것마냥 구역에 제한을 두는 것이었다. 당연히 각자의 방은 본인들의 공간이기 때문에 서로 간섭하는 일은 없지만, 문제는 공동 구역이었다. 특히 가족들이 가장 자주 다니는 부엌. 나와 동생은 성장기였고, 한창 먹을 걸로 스트레스를 푸는 시기였기 때문에 틈만 나면 부엌으로 어슬렁 가서 먹을 게 있는지 살펴보기 바빴다.

새엄마는 집에서 가사를 전담으로 했기에 부엌은 본인의 구역이라는 생각이 컸다. 그래서 하루에도 수십 번씩 왔다 갔다 하는 우리가 탐탁하지 않았을 것이다. 사람이 자주 사용할수록 공간은 더러워지고 치워야 하는 부담이 많았기 때문에 언제부터인가 우리가 부엌으로 들어오는 것에 조금씩 눈치를 주었다.

냉장고 문을 한번 열 때면, 안방에서 부리나케 뛰어나와 우리가 무엇을 하고 있는지 확인했다. 요리를 하고 싶을 때면 아빠는 반드시 새엄마의 허락을 구하게 했다. 마치 그녀의 집에 우리가 얹혀 살고 있는 것처럼 라면 하나를 끓여 먹을 때에도 눈치를 봐야 했다. 베이킹에 꽂혀 오븐을 사용하고 싶어도 두 사람이 없을 때 몰래 해야 했고, 냉장고에 내가 사둔 음식을 넣어 놓고 싶어도 갈 때마다 감시받는 기분이 들어 화가 났다.

왜 내 집에서 내가 눈치를 보고, 남의 허락을 구해야 하는지 알 수 없었다. 엄마와 함께 살았을 때는 이런 걱정과 고민 따위는 하지도 않았는데, 낯선 여자가 오고부터는 이상한 규칙과 벽이 생긴 것이었다. 아빠는 우리에게 새엄마를 진짜 가족처럼 잘 대해 주고 자연스럽게 어울리기를 강요했지만 정작 방해하는 건 이런 행동들이었다. 우리 집에 무작정 들어온 여자가 느닷없이 내가 사용하던 공간을 터치하고 눈치 보게끔 만드니 관계가 좋아질 수가 없었다. 돈이 필요할 때도 그녀에게 양해를 구하라고 했고, 부엌을 사용할 때도, 무언가 필요할 때도 모두 그녀를 거쳐서 말하게끔 했다.

물론 우리 역시 많이 부족했다. 날이 선 행동들은 새엄마를 상처 입혔고 아빠에겐 자기 여자를 힘들게 하는 불손한 자식들이었다. 한집에 함께 사는 가족이었지만 결코 편안한 관계는 아니었다. 그래서 나는 집을 굉장히 싫어했고, 하루빨리 어른이 되어 멀리 떠나고 싶다는 바람을 가졌다.

우리들의 관계는 나빴지만, 그럼에도 불구하고 새엄마가 놓치지 않는 것이 있었다. 바로 매일 나와 동생에게 든든한 아침밥 먹이기. 당연하다고 생각하는 사람도 있겠지만, 새벽 6시마다 일어나 아침을 차린다는 건 결코 쉬운 일이 아니었다. 내가 다니는 학교는 집에서 대중교통을 타고 한 시간 정도 걸리는 거리였고, 아침을 먹고 가려면 적어도 6시 30분에는 일어나야 했었다. 그래서 항상 새엄마는 우리보다 30분 먼저 일어나 부엌에서 요리를 하고 매일 다른 메뉴로 식사를 준비해 줬다.

두부 스테이크, 카레, 감자탕, 떡갈비 등등 저녁 식사로 먹을 법한 음식들이 아침마다 진수성찬처럼 펼쳐졌다. 새엄마가 오고 달라진 것 중에 가장 좋은 것이었다. 이때만큼은 함께 있는 부엌의 공간이 즐겁고 포근했다. 새벽에 눈을 뜨면 부엌에서 불빛이 새어 나오는 것도 좋았고 통통 야채 다지는 소리와 보글보글 끓는 찌개 소리도 좋았다. 그리고 이제야 말할 수 있는 거지만 앞치마를 입고 요리를 하던 새엄마의 뒷모습을 보는 것도 좋았던 것 같다.

부엌은 서로에게 오해를 일으키는 장소였지만, 반대로 소통의 장소이기도 했다. 만약 새엄마가 아침을 차리는 것보다 본인의 잠 자는 시간을 더 중요하게 여기는 사람이었더라면 우리의 관계는 아직도 좋아질 수 없었을 것이다. 부딪힐 때도 있었지만, 나와 동생에게 꾸준히 해 주었던 노력을 알기 때문에 나는 그 시절 그녀에게 매우 고맙다.

든 자리 난 자리

새엄마와 함께 넷이 처음으로 친할머니께 찾아갔다. 할머니 댁은 강원도에 있는 작은 마을로 아주 외진 시골이었다. 얼마나 시골이냐면 아직도 푸세식 화장실을 사용하고, 슈퍼를 가려면 적어도 15분 이상을 차를 끌고 가 읍내로 향해야만 했다. 그래서 할머니 댁을 들르기 전 차 트렁크에 음식과 물건들을 잔뜩 실어 찾아 뵙는 게 관례였다.

오랜만에 본 할머니는 더 늙고 야위어 보였다. 새엄마는 몇 번 와 본 사람처럼 능숙하게 가져온 반찬을 냉장고에 옮겨 넣었다. 그녀는 할머니에게도 살갑게 굴고, 장가 못 간 삼촌들에게도 "도련님들" 하며 원래 있던 사람처럼 행동했다. 나머지 친척들도 모두 새엄마를 처음부터 있던 가족처럼 친근하게 대했다.

이질감이 느껴지지 않아 오히려 이상했다. 작년에는 없던 사람이 엄마 자리를 대신하는데, 원래 그녀가 며느리였던 것처럼 모두 자연스러웠다. 나와 동생만이 새로운 가족에 적응하지 못하고 있는 것 같아 혼란스러웠다. 든 자리는 몰라도 난 자리는 안다는 말도 있지 않은가. 가족들이 몇 십 년간 함께였던 엄마를 벌써 잊어버린 거 같아 씁쓸한 마음까지 들었다.

부산스러웠던 오후가 끝나고 밤이 됐지만, 그날따라 나는 잠이 안 왔고, 그건 할머니도 마찬가지였다. 난 살그머니 할머니 곁으로 가 아기처럼 옆에 누워 그녀를 바라보았다. 할머니의 표정은 많이 슬퍼 보였고, 무언가 그리워 보였다.

"할머니 무슨 생각해?" 나는 조심스럽게 물었다. 할머니는 울먹거리는 목소리로 엄마가 많이 그립다고 말했다. 엄마와 본인은 원래 사이가 매우 좋았으며, 작은 오해들이 있었지만 그래도 곧잘 지내고 서로를 아끼는 사이였다고. 아빠와 그렇게 된 것을 말릴 수 없고, 돌이킬 수 없는 일이나, 그걸 떠나서 할머니는 엄마를 개인적으로 많이 좋아했다고 한다.

엄마 또한 할머니를 가엽고 좋은 사람이라고 여겼다. 함께 지내며 할머니에게 서운한 순간들도 있었지만, 그건 당신의 잘못이기보다는 아빠와 주변 다른 사람들의 영향이 컸다고 했다. 그러나 엄마는 당분간 할머니를 만날 생각이 없었다. 그냥 아빠의 주변 모든 사람들을 만나고 싶어 하지 않았으며 온전히 아빠에게서 벗어나고 싶어 할 뿐이었다. 그래도 꼭 한 사람을 만나야 한다면 그건 분명 할머니였을 것이다.

나는 할머니의 말을 듣고 엄마와의 이별을 겪고 있는 게 우리뿐만이 아니라는 걸 알게 되었다. 부모님이 헤어짐으로써 주변 사람들도 엄마를 그리워하고 슬퍼했다. 차라리 엄마와 할머니가 마지막 인사라도 제대로 했었다면, 이렇게까지 사무치는 그리움은 아니었을 것 같다. 나야 가끔 엄마를 볼 수 있지만, 할머니는 그리워하는 엄마를 볼 수 없다는 사실이 가여웠다.

나중에 알고 보니 할머니뿐만 아니라, 다른 모두가 엄마를 그리워했다. 이후로 종종 삼촌과 고모들도 나에게 아빠의 눈을 피해 엄마의 안부를 물어봤다. "형수 잘 지내고 있지?" 내가 그렇다고 말하면 삼촌은 조금은 안심이 된다는 말투로 말했다. "너희 아빠와 이렇게 된 건 유감이지만 나는 그래도 형수가 항상 잘되고 건강하기를 바라. 너희 엄마는 좋은 사람이었고, 우리에게는 고마웠던 일이 많았어. 너희라도 엄마를 잘 챙겨줘." 삼촌의 말에는 진심이 담겨 있었다.

결혼이 왜 가족과 가족 간의 화합인지 비로소 부모가 헤어지면서 알게 되었다. 인연이 시작될 때에는 간단했지만 헤어질 때는 자녀를 포함해 주변에 있는 친척들조차 모든 관계가 산산조각이 나는 것이었다. 10여 년이 지난 지금도 친척들은 엄마 소식을 묻는다. 그리고 엄마와 쏙 빼닮은 내 얼굴을 보면서 그리움을 달랜다. 나는 이럴 때, 엄마를 닮았다는 사실이 얼마나 좋은지 모르겠다.

부모로서의 태도

JTBC에서 방영했던 <내가 키운다>라는 프로그램을 즐겨 봤었다. 혼자 아이를 키우는 여자 방송인들이 나와 일상을 시청자들과 공유하고 육아에 대한 가치관과 가족에 대한 생각 등을 이야기하는 관찰 예능이다. 이 프로그램이 좋았던 이유는 두 가지였다. 하나는 내가 좋아하는 방송인 김나영 씨가 나온다는 것, 하나는 나와 같은 상처를 가지고 있는 아이들의 모습이 여느 가정과 다름없이 참 행복해 보인다는 것. 방송에서 나온 모습은 극히 일부였겠지만, 그래도 출연진들이 어른으로서 자녀를 배려하고 사랑해 주는 모습이 보여 나는 이 프로그램이 참 좋았다.

가장 인상 깊은 장면이 하나 있다. 배우 조윤희 씨가 인터뷰 중에 했던 말이었는데, 전남편에 대한 자신의 감정을 아이에게 전달해 주고 싶지 않다고 전해 나를 놀라게 했다. 그 당시 내가 우리 부모님에게 가장 바랐고, 이혼하는 부모들이 우선적으로 가져야 할 마음이라고 생각했기 때문이다. 어른들에게는 상대가 실패한 남편과 아내일지 몰라도, 아이들에게 있어서는 아직 좋은 엄마와 아빠의 역할이 남아 있다. 이걸 간과하는 부모들은 자신이 상대에게 느꼈던 증오와 고통을 자식에게 공유함으로써 같은 감정을 느끼도록 부추긴다. 그리고 그걸 들은 자녀는 상대 부모에 대한 부정적인 인식과 강요로 관계에 대해 매우 혼란스러워진다. 조윤희 씨가 이 점을 알았다는 사실이 매우 멋있고 인상 깊어 자꾸만 생각났다.

나도 이혼과 재혼 가정에서 자라난 자녀이기 때문에 가끔 내가 이혼을 하거나 재혼을 하는 상상을 해 본다. 그럴 때, 난 부모로서 어떻게 자녀를 대할 것인지 깊은 고민에 빠진다. 앞으로 나에게 이런 일이 안 생긴다는 보장도 없으니깐. 적어도 내가 겪었던 상처를 자식에게 대물림을 하는 악행은 없어야 한다고 생각했다. 그래서 이혼과 재혼을 한다면, 내가 자식들에게 반드시 지키고 싶은 항목을 정리해 보았다.

° 이혼을 할 수밖에 없는 상황을 자녀에게 충분히 설명해 준다.
° 이혼이 자녀들의 책임이 아니라는 것을 명확하게 얘기해 준다.
° 상처를 준 행동에 대해 사과하고 사랑한다는 표현을 빼놓지 않는다.
° 미성년자 아이들이 있는 상황에서 재혼을 한다면 반드시 합가를 하기 전에 허락을 구한다.
° 배우자와 아이들이 친밀감을 쌓을 수 있도록 시간을 충분히 주고 강요하지 않는다.
° 재혼을 했어도 배우자보다 자녀를 우선 순위로 두고 있다는 것을 행동으로 보여 준다.
° 내가 전남편 혹은 아내에게 가졌던 감정을 아이에게 전가하지 않는다.

자세히 적으면 더 많은 항목들이 나오겠지만, 생각나는 큰 덩어리들은 이 정도인 것 같다. 막상 적고 보니 내게 그 당시에 부모님들이 해 줬으면 하는 행동들을 나열

해 놓은 거 같아 민망해진다. 하지만 경험자로서 누구보다 이 상황에 대한 상처와 이해도가 높기 때문에 적어도 겪어 봤던 나만큼은 부모님과 같은 실수를 반복하고 싶지 않다. 특히 미성년자인 자녀가 있다면 반드시 합가를 하기 전에 허락을 구하고 진행하는 게 중요하다고 생각한다. 우리 집은 시작점이 잘못돼 오히려 새엄마를 오해했고, 가까워지는 데 시간이 더 한참 걸렸다.

정말 아이를 사랑한다면, 정성을 보여 주고 행동해야 한다. 마음과 사랑만으로 문제를 해결하려고 한다면 아마 자녀는 당신과 점점 멀어질 수도 있다. 진심은 표현에서 나오고 이해는 대화를 통해서 성립되니깐. 그 거리의 공백을 좁히기 위해 나는 고민하고 또 고민해 볼 것이다.

고충

#본가

스물아홉이 된 지금은, 부모님의 이혼 사실이 아무렇지도 않다. 그 전에도 창피한 적은 없지만 말하기 꺼려졌던 게 사실이긴 하다. 가끔 나와 새엄마가 함께 있는 걸 본 친구들이 엄마냐고 물으면, 대충 둘러대고 솔직히 말하기보다는 회피를 선택했다. 아직 이혼에 익숙하지 않은 주변 사람들에게 상황을 설명하기 귀찮았고, 나를 안쓰럽게 보는 시선도 불편했다. 하지만 어른이 된 이후부터는 다양한 사람들을 만날 기회가 많은 탓인지 더 이상 어떤 태도를 봐도 아무렇지 않게 되었다. 다만, 우리 집 사정을 잘 모르는 사람들과 이야기하는 과정에서 오는 불편함은 있었다.

나에게는 '본가'가 따로 없다. 아빠네 집과 엄마네 집이 각각 나눠져 있는 형태로 대부분을 지내 왔기 때문에 사람들이 본가를 다녀왔냐고 물으면, 조금 난처함이 있었다. 이제는 곧바로 엄마나 아빠네라고 정정을 하지만, 그 수정된 말 속에서 보통의 사람들은 의아함을 갖는다. 부모님 댁이라고 하면 되는 걸, 왜 굳이 엄마와 아빠를 나눠서 말하는지 이해하지 못한다. 나에게는 자연스럽게 나오는 말들이, 이혼을 경험해 보지 못한 가정에서는 신기하게 느껴지는 것이다.

#혼주석

나는 결혼과 이혼, 연애에 대한 고민을 상담해 주는 프로그램을 좋아해 자주 시청하고 댓글도 꼼꼼히 읽는다. 어느 날은 이혼 가정의 혼주석 문제로 고민하는 사연의 글이 있었다. 사연자는 나처럼 새엄마와 친엄마가 따로 있었고, 본인의 결혼식 날 두 분 다 혼주석에 앉고 싶어 해 곤란하다는 내용을 담았다. 그 전까지만 해도 이런 문제에 대해 전혀 생각해 보지 않았던 나는 머리가 띵했다.

내가 결혼을 하게 된다면 혼주석을 어떻게 해야 할지 고민이 됐다. 물론 마음 같아서는 세 분 다 함께 나란히 앉히고 싶었지만, 불가능하다는 것을 잘 알고 있었다.

누구 한 명을 선택하고 서운하게 만들고 싶지 않았다. 엄마는 본인이 당연히 앉아야 한다고 주장했지만, 그게 아빠와 함께 나란히 앉고 싶다는 뜻은 아닐 것이다. 그렇다고 새엄마와 아빠를 앉히자니 뒤에서 속이 쓰릴 엄마 걱정에 내가 행복하지 않을 것 같았다.

지인들에게 물어보니 요즘은 혼주석 없이도 결혼을 하는 분위기가 많이 형성되어 있다고 했다. 가족 중 누구도 서운하게 만들지 않기 위해선 차라리 문제의 시발점을 만들지 않는 게 좋았다. 이 외에도 상견례, 명절, 자녀와 관련된 문제를 생각하면 골치가 아파졌다.

'내가 아니라 부모님이 이혼을 한 건데, 왜 문제 해결을 내가 하고 있지'라는 의문이 들었다. 보편적인 가정에서는 겪지 않아도 될 문제를 나와 동생만 고민하고 걱정해야 하는 게 조금 억울하기도 했다.

그런데 어느 날, 동생이 우리가 겪는 고민을 아빠에게 말했다고 했다. 어떤 어려움을 갖고 있는지 부모들도 알아야 나중에 때가 됐을 때 그분들도 적절히 대처를 할 수 있어야 한다는 것이었다. 나는 왜 혼자 모든 것을 해결하려고 했는지 모르겠다. 이야기를 들은 아빠는 조금 충격을 받은 것 같았다. 이런 부분까지는 예상하지 못한 듯 눈빛에는 약간의 미안함이 서려 있었다. 바로 고민에 대한 문제 해결이 되지는 않았지만, 뜻밖의 소식이 들려 왔다.

엄마가 조금 놀란 목소리로 아빠에게 연락이 왔다고 말했다. 이혼 후, 두 사람은 10년 가까이 연락 한 번을 주고받지 않았다. 서로를 증오하고 살아왔고 소식을 아는 것조차 싫어하는 듯 보였다. 내가 어떤 내용이었냐고 묻자 엄마는 "그냥 잘 지내냐고 묻더라. 어쩐 일인지." 퉁명스러운 말투였지만 그래도 싫은 내색은 아니었다. 나는 곧장 동생에게로 달려가 소식을 전하는 비둘기처럼 있었던 일들을 모두 말해 줬다.

그러자 동생은 이미 모든 것을 알고 있는 듯 아빠가 먼저 연락을 보낸 이유를 알려 주었다. "우리가 저번에 말했던 혼주석 문제 같은 거 말이야. 나중에 엄마랑 상의해야 할 일이 있을 수도 있으니깐 미리 연락을 해 두는 거래." 아빠가 이런저런 고민을 꽤 한 것처럼 보였다.

지금도 가끔 우리와 관련해서 엄마, 아빠는 연락을 주고받는 것 같다. 두 사람 사이에서의 관계는 끊어졌지만 나와 동생이 있는 한, 부모로서의 공동 역할을 함께해야 한다. 다시 한번 이혼을 한다는 건, 단순히 남녀 관계의 끝이 아닌 걸 알게 된다. 두 사람 사이에는 자녀들을 서로 떨어진 상태에서 함께 관리하는 숙제가 영원히 남아 있다.

어른 같은 동생

어릴 적, 집 안에 모든 어른들이 나가고 나면 동생은 내 옆에서 껌딱지처럼 붙어 있었다. 엄마 냄새가 묻은 옷을 코에 박고 내 뒤를 졸졸 따라다니는 그 애가 너무 귀찮아 차라리 없었으면 좋겠다고 생각한 적도 있다. 그랬다면, 내가 더 자유롭게 친구들과 놀러 나갈 수 있었을 텐데 하고 말이다. 그 시대 첫째들은 으레 하던 생각이었을 것이다. 일 나간 부모님 대신 동생을 보살펴야 했고, 그 덕분에 개인 시간을 침해받으니 귀찮으면서도 뒤돌아 없으면 마음이 허전하고 불안했다.

내가 장녀 콤플렉스가 있듯이 동생도 둘째 콤플렉스가 있었다. 장남에게 둘째 딸로 태어나 환영보다는 아쉬운 존재가 되었다. 대놓고 아들, 아들 하지는 않았지만, 친할아버지께서 마땅치 않아 했다는 이야기를 들을 때면 나도 동생도 서로 씁쓸해 했다. 그래서 우리는 형제 중에 아들이 없는 것을 감사하게 여겼으며, 만약 있었다면 둘 중 누구 한 명은 찬밥 신세가 된다는 것을 알고 있었다. 그리고 아마 동생은 그게 자신이었을 것 같다고 거의 확신하다시피 했다.

집안 어른들은 활발하고 떠들기 좋아하는 나를 자주 반겼다. 난 실없는 농담으로 어른들을 웃기는 것을 좋아했고, 특히 할머니에게 애교를 곧잘 부려 친척 어른들께 귀여움을 받곤 했다. 하지만 동생은 어린 시절 새침하고 얌전한 성격으로 딱히 나서거나 분위기를 주도하는 스타일이 아니었다. 그래서 내 뒤에 가려질 때가 많았고, 상대적으로 다른 관심과 반응에 서운할 때가 있었다고 했다. 그럴 때마다 나는 아니라고 두둔했지만 동생은 단호했다. "언니는 모르겠지만, 어른들은 언니를 나보다 더 좋아해. 예전에는 그게 서운했는데, 이제는 괜찮아." 서러움은 받아 본 사람만이 안다고, 괜찮다고 말하기까지 동생에게도 많은 서운함과 결핍이 있었을 것이다. 가끔은 그게 나 때문인 거 같아 종종 미안한 마음이 든다.

동생은 성인이 되면서 가족들 중 가장 '어른' 같은 어른으로 자랐다. 나보다 더 어린 나이에 부모님의 이혼과 재혼을 겪은 아이는 또래들보다 일찍 성숙해진 것 같았다. 내가 새엄마와 3년 정도 함께 살고 독립했을 때, 동생은 혼자 새로운 가족과 함께 지내야 했다. 그때는 과도기 시절이라 우리와 새엄마, 아빠 간에 갈등이 심했다. 무조건적으로 새엄마 편을 드는 아빠를 이해할 수 없으면서도, 옆에서 가만히 있는 새엄마도 얄미워 청군 대 백군처럼 매일이 전쟁이던 시기였던 터라 집 안에 혼자 있는 게 많이 외로웠을 것이다. 그래서인지 고등학생이 되자마자 동생은 기숙사를 들어가면서 이른 나이에 집을 떠났다.

졸업 후에는 대학을 가지 않고 바로 대기업에 취업을 했다. 집안에 대대적인 경사가 난 것이다. 이제야 동생에게도 가족들의 스포트라이트를 비춰 줬다. 하지만 어른들의 눈에는 '대기업 취업'이라는 글자밖에 안 들어오는 듯했다. 동생이 회사에서 어떤지를 알기보다는 연봉 액수와 복지 혜택을 궁금해했다. 회사 생활에 지쳐 힘들다고 말할 때, 다들 그녀를 다독이기보다는 '그래도 대기업

인데 네가 참아야지'라는 분위기였다. 나 또한 그 당시 취업 준비생으로 한참 힘든 시기를 보냈기에 동생의 투정이 배부른 소리라고 생각했다. 그래서 그때 동생에게 괜찮으니깐 힘들면 나오라고, 말을 하지 못한 게 두고두고 후회가 된다.

나는 동생에게 언니 역할을 제대로 해 준 적이 없었다. 관심 없는 집안의 대소사 문제에도 동생은 적극적으로 나섰고 엄마와 아빠도 함께 챙기며 잘하려고 노력했다. 그래서 언젠가부터 내가 모르던 문제를 동생이 먼저 알고 있을 때가 많아 나 또한 자문을 구할 때가 종종 있었다. 아마 동생이 없었다면, 우리 가족은 다시 좋아질 수 없었을 것이다. 중간에서 동생은 노력을 아주 많이 했다. 그게 가끔은 안쓰럽고 정작 동생의 마음은 돌봐주지 못하는 거 같아 마음이 쓰인다.

누군가 나에게 가장 소중한 사람이 누구냐고 물어본 적이 있었다. 그때 나는 엄마도, 아빠도 아닌 동생이 떠올랐다. 평소에는 서로 치고 박고 싸우면서도 서로의 인생을 누구보다 잘 알고, 우리 가족에 대한 이해와 공감을 함께 해줄 사람은 평생 동생밖에 없을 것이다. 부모님이 가장 소중하게 남겨 주신 자매라는 재산을 나는 두고두고 잘 보살피고 싶다.

할머니의 장례식 1

죽는다, 죽는다 소리를 했지만 그건 나이 든 노인들의 흔한 푸념이라고 생각했다. 노쇠한 할머니를 가끔 만나면 "내가 얼른 죽어야, 너희들이 고생을 안 하는데…"라고 흐느껴 울었다. 그럼 우리는 그게 무슨 말이냐며 할머니를 나무랐지만, 아무도 심각하게 듣지 않았다. 노인들이 가장 많이 하는 거짓말 중에 하나라고 생각했다.

우리 할머니는 따뜻하고 자식과 손주를 사랑할 줄 아는 사람이었다. 흠이라고는 할아버지를 잘못 만나 지독하게 고생을 하며 살았다는 정도. 난 살면서 한 번도 할머니를 싫어하는 사람을 만나본 적이 없다. 그만큼 할머니는 주변 사람들에게 다정한 분이었으며 온정을 베풀 줄 아는 진짜 어른이었다.

그런 할머니가 스스로 생을 마감하셨다.

그날은 아빠 생일이었고, 나는 친구 차를 타고 서울로 가는 길이었다. 주말 날씨가 화창해 하루 일정을 어떻게 할지 고민하면서 아빠에게 연락을 했다. 생일이라 축하 연락을 따로 하고 싶어서였다. 그런데 어쩐 일인지 아빠는 문자도 전화도 모두 받지 않았다. 평소 곧잘 받던 분이라 조금 이상하다고는 생각했지만, 바쁜 일이 있을 것이라 생각하고 대수롭지 않게 넘겼다. 여느 때처럼, 보통의 경우라고 생각했다. 내 동생의 전화를 받기 전까지만 해도 말이다.

"언니, 할머니가 돌아가셨대." 꽉 막힌 도로 안에서 할머니의 부고 소식을 들었다. 처음 들었을 때에는 실감이 안 나 정신이 온통 멍했다. 언젠가 할머니가 돌아가실 거라는 건 알고 있었다. 충분히 나이가 드셨고, 손녀 손자 대부분이 성인이 됐으니 '죽음'이라는 단어가 남들보다 얼마 안 남았다는 건 모두가 예상한 일이었다. 하지만 뭔가 이상했다. 평소 할머니는 허리와 다리가 아픈 것을 빼

놓고는 큰 지병이 있었던 분이 아니셨다. 거기다 얼마 전까지만 해도 멀쩡하게 통화를 한 기억이 있는데, 이렇게 갑자기 돌아가셨다는 게 믿겨지지 않았다.

곧바로 아빠에게 다시 연락이 왔다. 수화기 너머로 아빠가 내 이름을 부르자, 나는 그제서야 눈물이 터져 나왔다. 정말, 할머니가 돌아가셨구나. 참혹한 아빠의 목소리에 내 가슴이 아려 오고 할머니의 부고를 담은 머리는 지끈거리며 아파 왔다. 불쌍한 우리 할머니. 불쌍한 우리 아빠. 한평생 고생만 하고 떠난 할머니가 가여웠다. 생일날, 엄마를 잃은 아빠가 안쓰러웠다. 나는 두 사람이 불쌍해서 그렇게 십여 분간 차 안에서 하염없이 울었다.

장례식장은 할머니의 고향으로 모셨다. 저녁이 되어서야 친척들이 모두 모였고 고모들이 할머니 영정 사진 아래서 곡소리를 내며 울었다. 이때까지만 해도 나는 할머니가 어떤 이유로 돌아가셨는지 몰랐다. 슬픔에 젖어 주변 어른들이 사망 원인에 대해 쉬쉬했는지 알아차리지도 못했다. 그러다 둘째 고모가 내 팔을 잡고 가슴을 내려쳤다. "뛰어내리셨대." 그 말 한마디에 주변 어른들은 소리

내서 울기 시작한다. 하루가 꼬박 지날 동안 할머니의 사망 원인에 대해 함구한 이유를 이제야 알았다. 지병도 없으셨던 분이 갑자기 가시게 된 건 노화도 아니었고 사고도 아니었다. 할머니의 선택이라는 걸 알자마자 정신이 아득해져 왔다. 평생 한 번도 가족들의 속을 썩히지 않으셨던 분이 이렇게 우리들 가슴에 비수를 꽂는 짓을 할 리 없었다.

가장 먼저 이 사실을 알았던 사람은 장남인 아빠였다. 새벽에 경찰 연락을 받은 아빠는 황급히 할머니가 혼자 살고 있는 빌라로 향했다고 했다. 설명을 듣고, cctv를 확인하고, 시신 인수까지 모두 아빠가 직접 마쳤다. 그 과정 속에서 얼마나 힘들었을지 감히 상상도 안 된다. 가족들 중 누군가는 꼭 해야 할 일이었지만, 이럴 때마다 장남인 아빠가 나서서 모든 것을 해결해야 한다는 사실에 가슴이 사무쳤다.

왼쪽 팔에 두 줄 완장을 찬 아빠는 눈가에 눈물 자국이 있었지만 내색하지 않았다. 어떤 사람들은 가까이 살면서 할머니를 이렇게 내버려 둔 아빠를 비난했다. 누구보다 할머니를 신경 쓰고 열심히 보필하던 사람이 아빠였는데, 애꿎은 화풀이의 화살들이 장남에게로 향했다. 힘든 상황 속에서 누군가 비난할 사람이 그들에게는 필요했던 것이다. 이때 처음으로 아빠가 초라해 보였다. 항상 무섭고 강인했던 존재가 너무 작고 안 돼 보여서 나도 모르게 할머니를 원망했다. 우리 아빠를 왜 이렇게 초라하게 만들었냐고. 당신의 손녀인 내가 마지막 순간을 이렇게 기억하게 만드냐고. 이미 하늘로 간 사람에게 따져 묻고 싶었다.

조문객이 사라진 새벽, 할머니의 향이 꺼질세라 나는 영정 사진 앞에서 자리를 지키고 앉았다. 대부분의 어른들과 친척들은 잠이 들었고, 장례식장은 낮과는 다르게 고요하고 평온했다. 그때, 밖에 나가 있던 아빠가 들어와 내 옆에 나란히 앉았다. 아빠는 누군가 자신을 비난할 때 아무 말도 못 했다. 마음이 죄스럽고 할머니에 대한 후회가 막심해서. 그리고 그게 맞을지도 모른다는 생각이 아빠를 괴롭혔다. 이내 아빠가 구슬프게 울었다. 내 곁에서 눈물 한 번 보인 적 없는 아빠가 어머니, 어머니 하면서 아이처럼 울었다.

할머니의 장례식 2

장례식장 안에는 오랜만에 보는 얼굴들이 많았다. 초등학생 때나 보았던 먼 친척 어른들과 아빠의 친구들, 이웃 주민까지. 생기 있던 젊은 날의 흔적은 사라지고 다들 지긋하게 나이를 먹어 흰 머리카락과 주름진 피부가 눈에 들어왔다. 하나같이 나를 본 어른들은 반갑다 인사를 하면서, 아빠가 없을 때 몰래 엄마를 꼭 빼 닮았다며 나에게서 엄마를 그리워했다. 그럼 나는 "엄마는 잘 지내고 계세요"라며 그들을 달랬다.

엄마에게는 할머니의 소식을 당일에 바로 알렸다. 서로가 못 본 지 10년이 지났지만, 엄마도 할머니를 그리워했고 할머니도 엄마를 그리워했기에 바로 알리는 것이

맞다고 생각했다. 헤어진 시간보다 함께했던 시간이 많은 그들이기에 비보를 전하는 나의 마음도 무거웠다. 그럼에도 장례식을 찾아가 봐야 하냐고 물어보는 엄마의 질문에, 오지 않았으면 좋겠다고 생각했다. 온 가족들이 할머니의 죽음을 기리는 자리에 엄마의 등장은 그 자체만으로도 주목이고 시끄러운 일이 생길 가능성이 있었다. 아빠 곁에는 새엄마가 있었고, 조문객들도 모두 엄마를 아는 상황이라 껄끄러워질 만한 일들은 최대한 만들지 않는 게 좋을 것 같았다.

"할머니 혼자 가신 건 아니지?" 이때까지만 해도 난 아직 할머니의 사망 원인을 듣기 전이라, 엄마의 말에 불같이 화를 냈다. 죽음도 받아들이기 힘든 와중에 할머니가 자살이라니. 가끔 이상한 억지를 부린 전적이 있어 이번에도 엉뚱한 소리를 한다고 생각했는데, 고모에게 소식을 듣고, 나는 엄마가 맞았다는 걸 알았다.

이혼 후에 엄마와 할머니는 소식을 끊고 살다가, 몇 개월 전 통화를 했다. 할머니가 먼저 엄마와 통화를 하고 싶다며, 살아 있는 동안 만나는 것은 어려울 거 같으니 목소리라도 듣고 싶어 하셨다. 둘은 서로의 목소리를 듣자마자 눈물을 쏟아냈다. 할머니의 “애미야” 소리가 참으로 오랜만에 들렸다. 30여 분 정도를 통화한 두 사람은 앞으로 가끔씩 이렇게 연락을 주고받기로 약속했다. 그리고 한두 계절이 지난 후, 할머니는 돌아가셨다.

몇 년 동안 요양원에서 일을 한 엄마에게는 직감이 있는 것 같았다. 나는 차마 엄마에게 할머니가 어떻게 돌아가셨는지 말을 해 줄 수가 없었다. 절망적인 사실을 전달해 엄마를 아프게 하고 싶지 않았다. 차라리 연로해 병으로 돌아가셨다고 말하는 편이 더 나을 거라 생각했다. 그래서 아직까지 엄마는 아무것도 알지 못한다. 그저 할머니가 자기 수명에 맞춰 세상을 떠난 거라고 믿었다.

장례식 마지막 날, 발인이 다가왔다. 흰 소복을 입은 여자들과 검은 양복을 입은 남자들이 줄줄이 열을 맞춰 할머니를 보러 갔다. 죽은 사람을 보는 건 난생 처음이었다. 차가운 상 위에 선물처럼 포장된 할머니가 보였다. 반가운 마음보다도 무섭고 낯설다는 기분이 더 크게 다가왔다. 내가 알고 있는 할머니는 따뜻하고 부드러운 사람이었다. 그런데 이제 앞에 있는 할머니는 너무 차갑고 딱딱했다. 그 이질감이 너무 커서 나는 할머니를 만지며 마지막 인사를 하는 시간에 적극적으로 나서지를 못했다. 살짝 벌어진 입과 꽁꽁 싸맨 몸뚱아리가 마치 번데기같았다.

가족들은 할머니를 화장하지 않고 산소로 모셨다. 한 줌의 재로 바뀌는 그 순간을 차마 바라볼 수 없어 마지막은 머리부터 발끝까지 온전한 상태로 보내주고 싶어 했다. 관이 땅 속으로 들어가자, 모든 사람들이 너 나 할 것 없이 곡소리를 내며 울었다. 삼촌들도 친척들도 나도 이 순간만큼은 눈물을 부끄러워하지 않았다. 혹시 떠나는 길에 노잣돈이 부족할까 싶어 미신인 걸 알면서도 꽤 큰돈도 함께 묻어 두었다. 이제 정말 할머니와는 안녕이었다. 한겨울이라 날씨는 추웠지만, 햇볕이 잘 들고 하늘이 맑았다.

나는 번데기같이 보였던 할머니를 떠올렸다. 애벌레는 번데기가 되면 그 껍질 안에서 녹아 액체화된다. 필수 조직만 제외한 나머지는 모두 소멸되는 것이다. 그러고 나면 남은 바탕으로 처음부터 다시 생성되어 나비로 변한다. 아름다운 날개를 갖고 애벌레의 삶보다 더 나은 모습으로 세상을 살아간다. 나는 번데기가 된 할머니가 나비로 다시 태어나 훨훨 날아다니는 상상을 했다. 이번의 삶은 고난이 많은 애벌레였지만, 다시 태어나 다음 생에서는 자유롭게 살아갈 수 있는 나비로 행복하기를 바랐다.

뒷담화

낮말은 새가 듣고 밤말은 쥐가 듣는다고 했던가. 꼭 가족들의 뒷담화를 할 때면 우리는 당사자에게 걸리기 일쑤였다. 누구 한 명이 스파이 노릇을 하든지 아니면 재수 없게 들키는지 모르겠지만 항상 가족들은 누가 자기 얘기를 어떻게 했는지 알고 있었다.

어렸을 적부터 그랬다. 아빠를 고집 센 황소라고 비유하며 험담이 잔뜩 쓰여진 일기를 적다가 며칠도 안 되어 걸려 버렸다. 그날 아빠는 출근하기 전, 나한테 미안하다는 이야기를 했었다. 일기를 들킨 줄도 모르고 갑작스러운 사과에 갸우뚱하면서도 기분이 나쁘지 않아 괜찮다고 웃으며 말했다. 하지만 퇴근하자마자 얼큰하게 취한 아빠가 일기를 가져와 보라고 했을 때, 아차 싶었다. "어떻게 네가 아빠한테 이렇게 말할 수 있어?" 고래고래 소리를 지르고 내 앞에서 보기 좋게 종이를 구긴 아빠를 보며, 험담을 했던 걸 후회하는 게 아니라 일기를 제대로 못 숨긴 자신을 책망했다. 이후로도 몇 번, 친구에게 험담 문자를 보내던 걸 아빠에게 잘못 보내 들키기도 하고 전화하는 내용을 들키는 등 나는 언제나 치밀하지 못했다.

아빠는 한 번도 내가 왜 아빠를 그렇게 생각하게 됐고, 그런 감정을 품는지에 대해 이해하려고 하지 않았다. 아주 잠깐 본인의 잘못을 되돌아볼 때도 있었지만 나에 대한 괘씸함이 너무 커서 화를 내는 것이 우선이었다. 그래서 나는 항상 들키면서도 아빠의 험담을 끊을 줄 몰랐고, 우리는 싸우는 것을 반복했다.

동생도 나와 상황이 비슷했다고 말했다. 초등학교를 다니던 시절 동생은 부모님의 잦은 다툼과 불안정한 심리 상태가 겹쳐 짧은 유서를 작성했었다. 그 유서 속에는 부모님에 대한 원망과 슬픔으로 자신이 먼저 떠날 거라는 것을 암시하는 내용이 담겨 있었다. 피는 못 속이는 법인지 동생 또한 학교를 등교하자마자 엄마에게 이 사실을 들켰고, 유서가 쓰여진 자리에 도톰한 다른 종이가 대신 끼워져 있는 것을 발견했다. 곧장 그녀는 종이를 펼쳐 읽었지만, 이내 더 큰 실망만 가져왔다. 종이에는 그런 생각을 한 동생에 대한 실망과 엄마의 분노만 담겨 있었다.

우습게도 반대인 경우도 많았다. 아빠나 엄마가 내 욕을 하다가 걸리는 일도 종종 있었다. 아무래도 나와 동생은 자매 사이라 둘 중 한 명이 부모와 싸우게 되면 하소연을 다른 자식에게 풀 때가 많은데, 우리들은 이걸 꼭 서로 공유했다. 그럼 하나같이 "그럴 줄 알았어"라며 미리 짐작했고 뒷담화에 대한 내용을 미리 숙지해 다음 상황에 대해 대비했다. 이때, 절대 하지 말아야 할 금기사항이 있었다. 바로 들은 내용이 기분 나쁘다고 해서 뒷담화를 한 장본인에게 따지는 행동은 하지 않는 것. 그렇게 되면 전달한 상대방은 고자질쟁이가 되고 신뢰를 잃어 다른 싸움으로 번질 수도 있기 때문에 우린 암묵적으로 서로만 알고 있기로 약속했다.

당연히 나도 사람인지라 가족이라고 해도 내 뒷담화를 듣게 되면 기분이 나빴다. 그래도 감정이 먼저 앞서기보다는 최대한 내 행동을 다시 되돌아보려고 노력했다. 부모가 나와 동생에게 주었던 상처를 나는 부모에게 다시 되돌려 주고 싶은 마음이 없었다. 똑같은 어른이 되고 싶지 않았다. 하지만 내 마음도 넉넉하고 좋은 사람은 되지 못해서 가족과의 갈등을 해결하기보다는 차라리 보지 않는 것을 선택했다. 문제가 생기더라도 매번 시간이 해결해 주기만을 기다리며 부모와 나 사이의 감정이 수그러들기만을 기다렸다.

회피는 시간을 벌어 줄지 몰라도 근본적인 해결 방안은 되지 못했다. 항상 가족들은 관계 사이에서 상처가 생기면 그걸 치료하지 않은 채로 다른 곳에 상처를 내는 일이 빈번해졌다. 깊게 곪은 상처들이 많았지만 그걸 누구 한 명이 나서서 해결하기에는 우리 모두가 성숙하지 않았다. 나조차도 먼저 다가서기 무섭고 자칫 우리들의 관계를 더 엉망으로 만들까 두렵기도 했다. 우린, 상처를 주고받는 것에는 익숙하면서도 이것을 해결하는 것에 있어서는 아직 아무것도 모르는 어린아이에 가까웠다.

거북이의 집

다시 태어날 수 있고, 무엇이든 될 수 있다면 난 거북이로 태어나고 싶다. 바다를 유유히 헤엄칠 수 있으면서도 육지를 엉금엉금 기어갈 수 있는 바다 거북이. 백 년을 살 수 있는 수명보다 내가 더 원하는 건 거북이에게는 언제든지 쉴 수 있는 집이 바로 등 뒤에 붙어 있다는 것이다. 위협을 받거나, 스트레스를 받으면 곧바로 들어갈 수 있는 자신만의 공간을 태어나면서부터 갖고 있는 거북이가 난 어릴 때부터 부러웠다.

내게 집은 안락한 공간이기보다는 불안과 긴장을 유발시키는 곳이었다. 엄마와 아빠가 함께 살 때에는 잦은 싸움과 갈등 때문에 혼란스러웠다면, 새엄마가 들어오면서부터는 남의 집에 얹혀 사는 것처럼 불편하기 짝이 없었다. 그래서 십 대 때부터 나를 위한, 나만의 공간을 너무나 갖고 싶었다. 가족들의 방해를 받지 않는 공간에서 눈치 보지 않고, 외부에서 오는 자극으로부터 나를 지키고 싶었다.

그렇게 내 바람대로 스무 살이 되자마자 나는 독립을 했다. 작고 허름한 자취방은 훌륭하지는 않았지만, 처음으로 의식주를 온전히 나 홀로 보낼 수 있는 곳이었다. 나는 이때, 집 안에서 느끼는 안정감이 참 중요하다는 것을 깨달았다. 바깥에서 받는 관계에 대한 스트레스와 자극들을 피해 집 안에서 느끼는 안정감은 불안했던 마음을 진정시켜 줬다. 안식처라는 단어가 실제로 마음에 와닿는 순간이었다. 돈이 없다는 어려움과 낯선 살림에 대한 미숙함이 불편할 때도 있었지만 가족과 함께 20년 동안 살았던 집보다 작은 단칸방이 훨씬 좋았다.

대학을 졸업하고, 나는 휴식이 필요하다고 생각했다. 고등학교 때부터 버킷리스트였던 유럽 여행을 가고 싶었던 마음도 컸고 그러기 위해서는 돈이 필요했기 때문에 여행비를 벌 겸 휴학을 했다. 그러나 큰 문제 하나가 발목을 잡았다. 내게는 돌아갈 집이 없었던 것이다. 학교를 다니지도 않는 상황에서 월세를 아빠에게 계속 받을 수 없었고, 휴학 기간 동안만이라도 아빠나 엄마네 집에 들어가 일 년은 함께 지내야 했다. 그런데 그때는 이미 아빠와는 사이가 틀어질 대로 틀어진 터라 아빠와 새엄마가 있는 집에는 도저히 들어갈 수 없었고, 친엄마도 딱히 나를 반기는 분위기는 아니었다. 가족 모두 내가 오는 것을 꺼려하는 걸 알자마자 버려진 기분이었다.

세 명의 부모가 있고, 따로 살고 있는 엄마 아빠의 집이 두 채나 되지만 정작 돌아갈 곳은 없다는 사실이 나를 외롭게 만들었다. 다행히도 엄마와는 타협을 잘 해, 휴학을 한 뒤 엄마가 사는 곳에서 머물 수 있었지만 그마저도 눈칫밥을 먹었다. 이때, 나는 내 집을 갖는 게 매우 중요하다는 것을 알았다. 돌아갈 보금자리가 없으니, 스스로가 돈을 벌어 나만의 터를 만들어야 한다는 집착이 생겼다. 그래서 하루 빨리 직장인이 돼 혼자 지낼 수 있는 공간을 스스로 만들고 싶었다.

그래서 돈을 벌 수 있는 요즘, 그만큼 책임감과 힘든 점도 있지만 옛날보다 훨씬 행복하다. 내 두 발로 터전을 잡아 직접 안식처를 만들어 가는 일들. 이제는 부모에게 비참하게 기대지 않아도 되는 것 또한 좋다. 가끔 생활비가 쪼들리거나 돈이 없을 때면 가장 먼저 월세부터 걱정하고 각종 공과금으로 피곤하기도 하지만, 그래도 내 집이 있어 좋다.

나는 이런 시절을 보냈기 때문에 집에 대한 애착과 불안함을 겪지 않아도 되는 거북이가 정말 부럽다. 그래서 다시 태어나게 된다면, 꼭 그래야 한다면 나는 거북이로 태어나 한평생 집 걱정 없이 살고 싶다.

윤이, 보통의 인생

어렸을 적에는 대단한 것이 아니어도 새로운 물건이나 경험 등 작은 것을 다양하게 부러워했다. 내가 갖고 있지 못한 것, 그리고 꿈꿀 수밖에 없는 것들을 또래 친구들이 갖고 있는 것이 허탈했지만 배 아프거나 질투의 감정까지 넘어선 적은 없었다. 아, 딱 하나 빼고. 전부는 아니겠지만 대체로 주변 친구들이 가지고 있는 좋은 가정 환경을 유일하게 시기 질투했다. 내가 노력을 해도 가질 수 없고, 바꾸려 할수록 점점 꼬여 버리는 가족 관계에 지쳐 있을 때 다른 친구들은 그런 스트레스를 받지 않아도 된다는 것이 참 씁쓸했다.

특히 종종 많은 사람들을 만나다 보면 구김살 없이 착

하고 성격 좋은 사람들을 만날 때가 있었다. 그런 사람들은 늘 자신감이 넘쳤고, 부모와 형제들과도 사이가 좋아 가족을 칭찬하고 애정을 주는 것을 부끄러워하지 않았다. 마치 사랑만 듬뿍 받고 자라 모든 게 단단한 사람들. 부끄럽게도 난 이런 사람들을 만나면 어쩐지 심기가 뒤틀렸다. 상대가 깊게 친해지자고 손을 내밀어도 내 쪽에서 먼저 선을 그어 버렸다. 내 알량하고 조잡한 자격지심이 못나게도 허락하지 않았다. 그렇다고 이들이 유해한 사람들이라는 건 아니다. 다만, 슬픔과 상처를 잘 모르는 사람은 나와 공감대 형성이 잘 되지 않기 때문에 가까워지는 것은 어렵다고만 생각했다.

그러다 윤이를 만났다. 그 당시 나는 대학교 방송국에서 활동을 하며 부원을 모집하기 위해 면접을 준비하고 있었다. 그때, 첫 번째 면접자로 들어 왔던 사람이 윤이었다. 쑥스러움으로 붉어진 얼굴을 하던 윤이에게 나와 선배는 정해져 있던 몇 가지의 질문들을 물어보았다. 수줍어하던 것에 비해 윤이는 씩씩하게 질문 하나하나 대답을 잘했고, 잠깐이지만 그녀의 첫인상과 대화 속에서 사람이 참 단단하고 괜찮다는 생각이 들었다. 그렇게 면접이 거의 끝나갈 무렵, 옆에 있던 선배는 마지막으로 인생에서 가장 힘들었던 경험이 무엇이냐는 질문을 던졌다.

그때, 윤이는 아버지가 돌아가셨던 이야기와 함께 본인의 가정사에 대해 당당히 얘기를 꺼냈다. 그녀 또한 나처럼 재혼 가정의 친구였고, 그 당시 힘들었던 일들을 들으니 나와 비슷해 공감이 많이 갔다. 난 솔직하고 자신감 있는 윤이를 보며 조금 충격을 받았다. 나는 그동안 부모님의 이혼과 재혼을 평범하다고 생각하지 않았기 때문에 타인에게 내색하는 것을 힘들어 했다. 보통과 다르기 때문에 쏟아지는 관심도 싫었고, 못난 자격지심을 들키기라도 할까 봐 겁이 나는 것도 있었다. 하지만 윤이는 나와 다르게 자신의 가정 환경을 불행하다 생각하지도 않았고, 특별하다 생각하지도 않는 딱 보통의 인생처럼 대하는 태도가 멋있었다.

나는 선배들에게 무조건 윤이를 뽑아야 한다고 말했다. 모두가 동의했고, 그렇게 윤이와 함께 방송국 생활을 할 수 있었다. 그 이후부터 우리는 지금까지 가장 친한 친구로 서로가 힘들 때마다 함께 의지하고 좋은 것을 배로 나눌 수 있는 인연이 되었다.

십 년 가까이 윤이를 알았지만, 나는 한 번도 윤이가 부모님 탓을 하는 걸 본 적이 없다. 그에 비해 나라는 사람은 우울하거나 자괴감이 들 때마다 과거를 회상하고 원인을 엄마와 아빠 책임으로 돌릴 때가 많은데 말이다. 이런 윤이의 삶의 태도를 보면서 많은 반성을 하게 된다. 과거에 미련을 두지 않고 타인을 시기 질투하기보다 자신에게 집중하는 모습. 윤이는 나보다 훨씬 단단하고 어른스러웠다.

'오래된 친구가 가장 좋은 거울이다'라는 말이 있다. 나와 같은 재혼 가정이지만 훨씬 성숙하게 삶을 살아가는 그녀를 보며 많은 것을 배우고 닮아 가려고 노력 중이다. 저 명언처럼, 윤이는 나의 좋은 거울이며 나 또한 윤이에게 그런 사람이 될 수 있도록 열심히 살아가고 싶다.

2부

인생의 유일한 동아줄

컨테이너 박스

이혼 직후 엄마는 우리 집에서 한 시간 정도 떨어진 곳에 거처를 마련했다. 주말마다 나와 동생은 버스를 타고, 또 거기서 십여 분 택시를 타 엄마가 지내는 농장을 찾았다. 원래 다른 곳에서 살고 있던 엄마는 본인의 농장을 가꾸기 위해 농막으로 지어진 컨테이너 박스에서 잠깐 머물렀다. 안쪽은 생각보다 사람이 지낼 수 있을 것처럼 꾸며 놨지만, 그래도 집이 아니기 때문에 불편한 점이 한두 가지가 아니었다. 화장실도 따로 마련되어 있지 않았고 씻는 것도 바깥 호스를 이용해 비닐하우스에서 남몰래 씻어야 했다.

농장에는 다육이, 라벤더, 각종 나무와 여러 식물들이

가득했다. 특히 엄마는 나무를 심는 것을 좋아해 농장에서 묘목을 심고 파는 일을 맡으며 생활했다. 나는 그 일이 매우 못마땅스러웠다. 고생에 비해 푼돈일 뿐이었고, 그것 말고도 엄마가 할 수 있는 일은 더 다양했지만 유독 고집스럽게 그 일을 놓지 않았다.

항상 토요일에 엄마를 찾아 농장으로 가면 밭이나 비닐하우스에서 흙 묻은 그녀를 만날 수 있었다. 새까맣게 탄 엄마의 피부는 어느새 주름과 기미로 번져 고왔던 얼굴이 수척해져 가는 게 보였다. 엄마는 찾아온 우리를 반긴 뒤에 점심을 먹었는지 꼭 물어봤다. 안 먹었다고 하면 바로 근처 시장에 데려가 먹을 것을 집게 하던가 괜찮은 식당에서 밥을 먹였다. 그리고 다시 농장으로 돌아오면 나와 동생은 컨테이너 박스에서 각자 하고 싶은 일들을 하고, 엄마의 일이 끝날 때까지 기다렸다가 밤에 함께 잠을 잤다.

난 그곳에서 처음으로 가위에 눌렸다. 컨테이너 박스에서 잠을 잘 때면 혹여나 나쁜 사람들이 찾아오지는 않을까, 위협을 가하지는 않을까 하며 항상 마음이 조마조마했다. 그렇게 떨리는 마음으로 잠이 들면 압박감 때문인지 가위에 종종 눌려 힘들었다. 난 하루라도 빨리 엄마가 그곳을 탈출해 괜찮은 집으로 이사 가기를 원했다.

"엄마, 여기는 살기도 힘들고 저 풀떼기들은 돈도 안 되는 거 같은데, 왜 계속 이 일을 하는 거야?" 나도 참다 못해 한마디 던졌다. 그 전처럼 병원에서 간호조무사로 일하든가 미용 쪽으로 가도 엄마는 잘했을 텐데. 굳이 시골 구석에서 엄마가 고생할 이유가 없다고 생각했기 때문이다. 하지만 엄마는 내 말에 여유롭게 웃었다. "나는 지금 내가 하는 일이 잘될 거라고 믿어. 아직은 저 화초나 나무들이 아무것도 아닌 것 같겠지만, 나중에 미래에는 식물 관련 사업들이 뜰 거야. 그리고 또 엄마가 예전부터 꿈꿔왔던 일이어서 아무것도 못 했던 시절보다 지금이 더 행복해." 자신감 있는 엄마의 표정이 나를 할 말 없게 만들었다.

한동안 엄마는 이곳에서 심한 우울증을 앓았던 적이 있었다. 이혼 직후 집에서 아무것도 없이 맨몸으로 나와 절망과 함께 주변 사람들의 질타로 몹시 힘들어했다. 그러다 우연히 지인과 함께 작은 원예 농장을 운영하면서 처음으로 미래와 희망을 찾았다. 고된 노동일지라도 자신의 미래를 찾는 과정이기 때문에 엄마는 포기할 수 없었다. 그 사실을 몰랐던 나는 철 없던 내 행동과 생각을 반성했다.

그런 엄마의 생각을 알고 나니 컨테이너 박스가 다르게 보였다. 주변은 산과 들이 있어 봄과 가을이 되면 색색의 꽃과 푸르른 이파리들로 무척 아름다웠다. 벚꽃이 떨어지는 어느 날에는, 엄마가 만든 간이 평상에 앉아 먹거리를 늘어 놓으며 우리끼리 수다를 떠는 것도 즐거웠다. 그리고 각종 작물들도 많아 엄마는 수확한 고구마나 호박 등을 우리에게 캐다 주며 삶아 주었고, 밤에는 셋이 모여 영화를 다운로드 받아 함께 보곤 했다.

힘들었던 시절이었지만 분명 좋은 순간도 있었다. 지금은 그곳에서 벗어난 지 오래됐으나 가끔 엄마를 만나면 농장에서 있었던 일을 회상한다. 열악하기 그지없는 환경이었으나 그래도 그때가 있으니 지금 주어진 것에 감사한다고. 고생한 것에 비해 수입은 보잘것없었어도, 엄마가 아빠를 떠나 진짜 본인이 하고 싶었던 일을 처음으로 해 본 시절이라고, 웃으며 말한다.

생리날과 찐고구마

잠깐이지만 우리 집에도 엄마의 자리가 공석인 적이 있었다. 부모님이 이혼한 후, 정확히 아빠가 재혼을 하기 전까지 약 반년 동안 성인 여자의 부재가 나와 동생에게는 상당히 치명적이었다. 더 이상 엄마와 함께 살 수 없다는 사실을 들었을 때 사실, 크게 달라질 것이 없다고 생각했다. 엄마는 원래 집 안보다는 집 밖에서 생활하는 사람이었고, 내가 초등학교 고학년이 된 이후에는 살림에도 크게 관심이 없어 그 전과 다를 것이 별로 없다고만 생각해 심드렁했다. 하지만 내 예상은 완전히 틀렸다. 사춘기 딸들에게는 가끔씩 찾아오는 곤란함들이 있었는데, 그 곤란함을 해결해 줄 어른이 사라진 것이었다.

화장실 수건 넣는 서랍장에는 항상 생리대가 빼곡히 쌓여 있었다. 다른 건 몰라도 엄마는 생리대와 속옷 등의 여성 용품들은 항상 채워 주며 우리가 난처할 일이 없도록 신경 써 주었다. 하지만 이후 당연하듯이 채워져 있던 것들은 사라졌고, 생리대가 필요할 때마다 속으로 끙끙 앓다가 결국은 아무 말도 하지 못하고 개인 용돈으로 모든 것을 해결해야만 했다.

아빠가 있었지만, 생리와 속옷 같은 것들을 아빠와 이야기를 나누는 분위기가 아니었다. 거기다 지금보다 더 부끄러움이 많을 시절이라 아빠한테 말을 할 바에는 불편해도 내가 참고 스스로 해결하는 편이 나았다. 이럴 때 아빠가 센스 있게 세심한 부분들까지 챙겨 주었으면 참 좋았겠지만, 그런 것과는 거리가 멀었던 사람이기에 나와 동생은 엄마가 없는 동안 이런 곤란함들을 겪을 수밖에 없었다.

그러던 와중 우리 집에 엄마가 아닌, 새로운 성인 여성이 찾아왔다. 이십여 년 동안 아들 하나만 키워 온 새엄마에게 친엄마와 같은 배려와 세심함을 기대하지 않았다. 거기다 성적인 고민들을 낯선 사람과 이야기 나누는 것

자체를 꺼렸기 때문에 나는 이런 부분들을 그녀가 간섭하지 않았으면 하고 바랄 뿐이었다.

학교를 마치고 집으로 돌아오자마자, 나는 아침에 있었던 일로 급하게 옷장 문부터 열어 확인했다. 그날 아침, 생리가 시작됐고 축축한 느낌에 속옷을 확인해 보니 생리혈이 새서 엉망이 되었다. 당장 세탁을 하기에는 시간이 촉박했고, 그렇다고 화장실 대야에 담가 놓으면 다른 가족들이 볼까 봐 창피해 이러지도 저러지도 못하는 상황이었다. 그래서 우선 옷장에 잠시 입던 속옷을 숨겨 두고, 하교를 하자마자 손빨래를 하기로 결정했던 것이다.

이것 때문에 학교에서도, 집으로 돌아오는 길에도 혹시나 누군가가 발견했을까 싶어 마음을 계속 졸이며 집으로 왔다. 그런데 옷장을 열어 확인해 보니 숨겨 놓은 자리에 있어야 할 속옷이 사라지고 없는 것이었다. 당황스러운 마음에 방 안을 살펴보니 침대 위에 가지런히 정리되어 있는 세탁된 옷들이 눈에 띄었다. 새엄마가 내 방에 들어온 것이었다. 그렇다면, 분명 숨겨 놓았던 속옷도 그녀가 가져간 것이 틀림없었다. 부끄러운 마음과 욱하는 감정이 몰아쳤다. 왜 허락도 없이 남의 속옷을 치운 것이며 하필 이런 날 빨래감을 정리했는지 짜증이 났다.

한껏 따지려는 마음으로 거실로 나가자, 베란다 유리창 너머 깨끗이 세탁된 내 속옷이 보였다. 아침만 해도 빨갛게 여기저기 남겨져 있던 얼룩이 새것처럼 깔끔하게 사라져 있었다. 창피함과 짜증으로 얼룩져 있던 내 마음이 순식간에 새하얘져 버렸다. 타인이 입던 속옷을 직접 손빨래 한다는 것이 쉬운 일이 아님을 알고, 특히나 이제 막 가족이 된 남과 같은 우리 사이에서 이런 일을 하게 만들었다는 게 죄송하기도 하고 민망하기도 했다.

안방에 있던 새엄마는 내가 온 것을 알아차렸는지 거실로 나와 나를 반겼다. 나는 만나자마자 속옷 이야기를 꺼낼 것 같아 민망스러움에 얼른 자리를 뜨려고 했다. 그러자 새엄마는 나를 불러 세웠다. 그리고는 부엌에서 따뜻하게 찐 고구마를 챙겨 주며 가지고 들어가라는 말만 전했다. 분명 있었던 일에 대해 이야기를 꺼내고 싶을 텐데, 내가 민망해하는 것을 아는 것인지 별다른 말을 하지 않았다. 그 침묵이 고마우면서도 나를 위한 배려인 것을 알아 나도 말 없이 방으로 돌아갔다.

동행

기차를 타고 새엄마와 함께 전주로 향했다. 여행을 가는 것도, 그렇다고 누굴 만나러 가는 길도 아니었다. 내가 입시 지원을 했던 대학의 면접을 보러 가는 중이었다. 나란히 좌석에 앉자 어색한 기운이 감돌았다. 우리 집에서 전주까지는 무궁화호를 타고 3시간 정도가 걸렸고, 지원한 대학까지는 또 차를 타고 40분은 넘게 가야만 했다. 그 긴 시간을 그녀와 함께 보내야 한다는 게 나로서는 고역이었다.

몇 개월 뒤면 스무 살이 되는 내가, 전주까지 혼자 가는 건 일도 아니었다. 그 전에 이미 대전과 서울을 혼자 오간 적이 있었고 다른 사람이 동행하는 것보다 혼자가 편했다. 그런데 얼마 전, 차비를 받기 위해 새엄마에게 면접 일정을 말하자 이번에는 그녀도 함께 가겠다고 했다. 나로서는 조금 당황스러운 일이었다. 그동안 가족 누구도 내 진로에 대해 관심을 갖는 사람이 없었고, 친부모님조차도 방임주의라 전혀 관심을 갖지 않은 부분이었다.

그런 것들이 지금 와서 보면 서운하지만, 그때는 당연한 거라고 생각했다. 내 일이기도 했고, 엄마 아빠가 이제 와서 관여하는 게 오히려 귀찮을 것 같았다. 그래서 입시 지원을 할 때에도 혼자, 면접을 가는 것도 혼자, 주변 지리를 알아보는 것도 모두 혼자서 했다. 그런데 마지막 면접을 보러 가는 길은 새엄마 본인이 따라가고 싶다고 하니, 도저히 거절할 수가 없었다. 운전을 못하시는 분이라 차를 끌고 갈 수도 없어 우리는 대중교통을 이용해야만 했다.

체력이 약한 분이 꼬박 왕복 8시간 걸리는 거리를 나와 함께 나서겠다고 해서 걱정부터 됐다. 괜찮다고 몇 번 말해 봤지만, 단호한 그녀를 뿌리치지 못해 하는 수 없이 함께 전주행 기차를 함께 탔다. 가는 동안 기차 안에서 면접 준비를 하느라 옆에 있는 새엄마를 신경 쓸 수가 없었다.

새엄마 또한 내게 방해가 되고 싶지 않은지 묵묵히 있다가, 중간쯤에 딱 한 마디를 건넸다.

“엄마는 전주가 처음이다? 그런데 이렇게 딸내미랑 오니깐 또 좋으네.”

빈말이라 하더라도 기분이 나쁘지 않았다. 나 역시 전주는 처음이었고, 더군다나 새엄마가 처음으로 보호자로서 동행하는 자리였다. 그 말에 멋쩍게 웃으며 나도 따라와 줘서 고맙다고 대답했다. 진심보다는 예의로 하는 말이었지만 그래도 고마운 감정이 큰 건 사실이었다.

면접 보는 학교에 도착을 했다. 많은 대학생들의 인파와 처음 보는 새로운 환경에 우리 둘 다 우왕좌왕하느라 두 손을 꼭 잡고 돌아다녔다. 다행히 친절한 대학생을 만나 면접 장소에 무사히 도착했고, 나는 면접 대기 줄에서 호명이 될 때까지 기다려야 했다. 보호자는 바깥에서 기다려야 하는 규정 때문에 새엄마는 들어올 수 없었다.

들어가는 길에 새엄마는 문 밖에서 잘하고 오라면서 손짓으로 화이팅을 외쳐 줬다. 그 모습에 난 괜히 울컥해졌다. 졸업식 때 말고는 누구도 보호자로 나를 따라와 응원해 준 적이 없었고, 이런 챙김을 받아 본 게 너무 오랜만이라 어색하기도 했다.

그녀의 응원 덕분인지, 운이 좋았던 건지 모르겠지만 그때 면접은 내가 봤던 면접 중에 가장 잘 본 면접이었다. 후련해진 마음으로 우리는 다시 기차역으로 갔다. 기차표 예매를 잘못해서 먼 거리를 도중에 서서 가야 하기도 하고, 역무원에게 혼도 나기도 했지만 즐거웠다. 그리고 거의 도착했을 즈음에 새엄마가 내 손을 잡아주며 말했다.

"딸내미 면접에 한 번쯤은 같이 가 주고 싶었어. 엄마가 해 줄 수 있는 게 그것뿐이라서."

항상 말할 때마다 '딸내미' '엄마'를 입에 붙이셨지만 와닿은 적은 없었다. 그런데, 그날은 그녀가 나의 또 다른 엄마라는 생각이 들었다. 우리가 가족이 아니었다면 이런 걸 누가 나에게 해 줄 수 있었을까. 그동안 부족했던 관심을 그녀가 대신 채워 준 기분이었다. 돌아가는 기차 안에서 노을이 흠뻑 들어왔을 때 나는 새엄마의 어깨에 기대었다. 말 한마디보다 더 깊은 진심이 전해질 수 있게. 우리는 그렇게 진짜 가족이 되어 가는 중이었다.

엄마라는 호칭

우유를 덜어 마실 유리컵을 찾지 못해, 나는 곧장 새엄마에게 물었다. “아줌마, 유리컵 어딨어요?” 새엄마는 찬장 가장 위쪽에서 깨끗한 유리컵을 찾아 한 번 씻어 주고는 내게 내밀었다. 자연스럽게 받아 든 내가 유리컵에 우유를 따르자마자 큰고모가 내 팔을 이끌고 조용한 곳으로 데려갔다. “아이고, 아무리 그래도 그렇지 아줌마가 뭐야. 같이 사는 식구인데 엄마라고 불러야지!” 큰고모가 보기에는 가정부처럼 새엄마를 부르는 내 모습이 좋지 않았던 것 같았다. 그러고 보니, 이제 함께 지낸 것도 일 년이 지났다. 언젠가 다른 호칭으로 그녀를 불러야지 하고 생각은 했지만 도저히 ‘엄마’라는 말은 아직 입에서 떨어지지 않았다.

그렇다고 '새엄마'라고 부르기에는 <신데렐라>에 나오는 계모 같았고, 다른 호칭으로 부르기에도 마땅한 게 없는 것 같았다. 큰고모의 핀잔에 한 방 맞은 듯, 나는 대충 고개를 끄덕거리며 상황을 모면했고 적어도 모든 친척들이 모여 있는 자리에서는 '아줌마'라는 호칭을 쓰지 않기로 했다.

그날 밤, 나는 침대에 누워 고민에 빠졌다. 언제까지고 새엄마를 남처럼 부를 수는 없는 일이었다. 그렇다고 친엄마가 있는 상황에서 다른 여자를 '엄마'로 부르는 건 엄마에 대한 의리를 저버리는 것 같아 싫었다. 홀로 고민을 하다 지쳐 버린 나는 동생과 함께 머리를 맞대기로 했다. "대체 뭐라고 부르지? 새엄마는 좀 이상하잖아." "이모는 어때?" 동생의 물음에 나는 고개를 저었다. 아빠랑 같이 사는 여자를 이모나 고모로 부르기에는 좀 안 맞는 거 같았다. 그렇다고 이름을 부르는 건 예의가 없어 보였고 호칭을 이번에 정하지 않으면 평생 골칫거리가 될 게 분명했다. 우린 새엄마 기분을 안 상하게 하면서 적당히 선을 지킬 수 있는 말이 뭐가 있는지 생각하고 또 생각했다.

끝내 나온 결론은 '큰엄마'였다. 차마 엄마라고는 부르질 못하겠으니, 앞에 '큰'을 붙이기라도 해야 조금 마음이 놓였다. 언젠가 앞에 첫 글자가 떨어져 나갈 수 있겠지만 아직은 우리에게 어색하기만 한 일이었다. "그런데 이걸 언제부터 말하지?" 동생이 어깨를 으쓱하면서 턱을 괴었다. 정해진 건 좋으나, 언제, 어느 시점에 이 말을 꺼내야 할지 몰랐다. 갑자기 툭 하고 큰엄마라고 하면 누군지 못 알아들을 수도 있고, 이상하다고 느낄 수 있을 것 같았다. 그렇다고 말로 공표하기에는 내가 너무 뻘쭘하고 어색했다.

다행히도, 곧 어버이날이었다. 나는 처음으로 새엄마에게 편지를 써서 위의 사실을 전하기로 했다. 선물을 따로 준비한 것은 아니었지만 그래도 이만큼 좋은 기회는 또 없을 거 같아 작은 편지지를 사서 짧은 문장들을 적어 나갔다. 어떻게 쓸지 수십 번 고민하며 썼다 지웠다를 반복했다. 평소에 불렀던 호칭대로 '아줌마께'로 시작해 '이제 큰엄마라고 부를게요. 감사합니다'라고 끝맺었다. 다 쓰고 나서도 고작 이 정도의 일로 편지를 쓰는 게 맞나 싶었다. 되려 이 호칭을 마음에 안 들어 할까 봐, 오히려 실망감을 안겨 주게 될까 봐 걱정이 되었다.

부엌에서 설거지하는 소리가 들리자 나는 한쪽 손에 편지를 쥐고 그녀의 어깨를 톡톡 건드렸다. 조금 놀란 새엄마가 장갑 한쪽을 벗으면서 어리둥절한 얼굴로 나를 봤다. "이거… 받으세요." 물이 묻지 않은 손에 내가 쓴 편지가 쥐어졌다. 새엄마는 곧바로 봉투를 뜯어 적힌 편지를 읽어 내려갔다. 그동안 나는 입술만 오므리며 그녀의 표정을 살피기 바빴다. 역대 함께 있는 순간 중, 가장 긴장되는 시간이었다.

편지를 한참 바라보던 그녀는 나를 꼭 안아 주었다. "고민해 줘서 고마워. 엄마는 언제든지 기다릴 수 있어." 눈시울이 붉어진 새엄마는 쏟아지는 눈물을 참는 것처럼 천장을 쳐다보며 한참 동안 나를 안고 있었다. 그리고 난 그때부터 새엄마에게 큰엄마라고 부르며 한 단계 가까워졌다.

이제는 새엄마를 아줌마라고 부르지도, 큰엄마라고 부르지도 않는다. 그녀는 또 다른 '엄마'이다. 이 책을 쓰면서 독자들의 이해를 돕기 위해 새엄마라는 호칭을 쓰지만, 난 그녀를 엄마라고 부른다. 이건 친엄마에 대한 배신도 아니고 그 사랑이 덜해진다는 의미도 아니었다. 내가 새로운 사람을 가족으로 받아들이는 과정 속에서 적합한 호칭을 부르는 것뿐이었다. 새엄마와 나라는 모녀 사이에서는 이제 남이라는 벽을 허문 지 오래되었고 우린 서로가 소중해지면서 자연스럽게 나타나는 변화였다.

난 엄마라고 부를 수 있는 사람이 두 명이 되었다. 엄마가 두 명인 것은 사연이 있지만 슬픈 일이 아니었다. 소중하고 특별한 존재가 한 명 더 있는 것일 뿐. 내게 개성이 다른 엄마가 두 명 있는 게 지금 와서는 얼마나 감사한 일인지 모른다.

엉킨 실타래

동생에게 전화가 왔다. 우리는 종종 심심하거나 서로의 근황이 궁금해지면 소식을 묻곤 했다. 여느 때와 다를 것 없이 근황 이야기를 하던 중 동생이 뜬금없는 소리를 한다. "아빠는 언니를 사랑하는 게 분명해." 기쁘기보다는 당황스러웠다. 어른이 된 이후로 아빠가 나를 어떻게 생각하는지 한 번도 생각해 본 적이 없었다. 싫어하는 것을 넘어서 무관심에 가까운 우리 사이는 그저 각자가 잘 살고 있으면 그만이었다. 그런데 갑자기 아빠가 나를 사랑한다니. 대체 무얼 보고 말하는 건지 몰랐다.

"항상 언니가 찾아가면 아빠가 빼놓지 않고 소고기 사오는 거 몰랐어? 맨날 먹을 때도 언니가 먼저 먹어야 한다고 으름장을 놓잖아." 생각해 보니 아빠네 집을 찾아갈 때면 항상 저녁에는 소고기를 구워 주셨다. 그래서 나도 자연스럽게 아빠를 만나는 날은 '소고기를 먹는 날'로 생각하고 식사 때만을 기다렸다. 어렸을 적부터 돼지고기보다는 소고기를 좋아해 가족끼리 외식을 가는 날이면 부모의 지갑 사정은 생각도 하지 않고 늘 항상 소고기를 외쳤다. 거기다 겉면이 익으면 바로 먹는 취향이 있어, 아빠는 항상 불판에 가장 먼저 익은 소고기를 내 접시 위에다가 올려 두었다.

그 이후 아빠에 대해 한참을 곱씹어 보았다. 현재 나에게 아빠란 어떤 사람일까. 옛날을 떠올려 보면 아빠는 나에게 상처만 주고 힘들게 했던 나쁜 사람이었다. 시간이 흘러 아빠가 바뀌었어도 나는 '나쁜 사람'을 지울 수 없었고 그 타이틀이 너무 강해 아빠의 애정 어린 행동들이 보이지 않았다. 아직도 과거에 얽매여 있다는 사실을 알게 되자 한편으로는 씁쓸한 마음이 들었다. 제대로 살기 위해서 과거 상처와 화해를 했다고 생각했는데 아직도 나의 일부는 그 시절 속에 있었다.

처음부터 아빠를 좋아하지 않았던 건 아니다. 나도 세상 누구보다 아빠를 사랑하고, 좋아했던 시절이 있었다. 가끔 아빠가 우리 가족을 엉망으로 만들어 놨어도, 나는 아빠가 소중했다. 아빠는 재밌는 사람이었고, 책임감이 강했다. 그리고 우리에게 다양한 경험을 할 수 있게끔 도와주며 우리를 중요하게 생각했다. 난 그런 아빠에게 감사했고, 표현이 서툴 뿐 나를 사랑한다고 여겼다.

하지만 이혼 후, 아빠가 우리를 사랑하지 않는 것을 알았다. 엄마와 헤어지고 집 안의 모든 건 아빠 위주로 돌아가며 나와 동생은 아빠의 뒤를 쫓아가기 바빴다. 심리적으로 가장 힘들었던 시절에 아빠는 나를 질책했고, 이해보다는 강요로 가족을 이끌었다. 난 그 속에서 존중과 사랑을 느끼지 못했다.

그러던 중 아빠가 홀로 대전에서 학교 다니는 나를 만나러 온 적이 있었다. 추운 날씨에 도톰한 패딩을 걸쳐 입고 코가 빨개진 채로 내가 사는 자취 집을 슥 둘러보며 안전한지 확인하고 또 확인했다. 그리고는 주변 시내를 찾았다. 옷장에서 제대로 된 외투 하나 없는 것을 보고 마음이 쓰였는지, 아빠는 스포츠 의류 매장에서 가장 잘나가는 패딩을 하나 사 주겠다고 했다. 쇼핑을 마치고 식사를 하러 갔지만 그 와중에도 함께 있는 것이 어색해 아빠가 빨리 돌아가기만을 원했다.

우리는 닭갈비와 소주 한 병도 함께 주문했다. 나는 아빠의 빈 잔에 술을 따라 주고, 내 잔에도 술을 따랐다. 서로 차려진 음식만을 바라보며 어색하게 시간이 흘렀다. 그리고 곧, 아빠가 고개를 들며 나를 바라봤다. 곧 눈에는 눈물이 흐를 것처럼 잔잔한 물결이 깔려 있었고 자세히 본 얼굴에는 주름이 예전보다 깊게 늘어져 있었다. "아빠가 진심으로 미안해." 아빠가 떨리는 목소리로 내게 사과를 했다.

"지금 와서 너희한테 상처를 준 걸 생각하면 마음이 아프고 그때를 굉장히 후회해." 소주 한 모금을 더 마신 아빠가 내 손등을 툭툭 건들였다. 집을 나온 이후로 아빠를 단 한 번도 증오하지 않았던 적이 없었다. 내가 사는 인생을 비관하는 것도, 과거에 얽매여 앞으로 나아갈 수 없는 것도 모두 아빠 탓이라고 여기며 원망만 해온 세월이, 고작 한마디에 무색하게만 느껴졌다.

그동안 아빠와 나눴던 메신저 내용들을 찾아보았다. 대부분 아빠가 먼저 나의 안부를 묻고, 내가 간단히 답장을 해 주는 형식이었다. 촌스러운 이모티콘과 유행 지난 웃긴 사진들을 보내 주며 어떻게든 나와 소통하려고 했던 아빠를 생각하니 속이 쓰렸다. 나만 마음을 열면 우리 사이는 더 괜찮아질 수 있었다. 그럼 이제는 내가 달라져야겠다는 결심이 섰다.

아빠에게 메신저를 보내 보았다. 평소처럼 필요하거나 궁금한 게 생겨서 보낸 연락이 아닌, 단순히 아빠가 생각나서 그리운 마음에 연락을 한다는 내용을 담았다. 그러자 곧장 답장이 왔다. 물어보지도 않은 개인 일정을 나열하다가 머쓱한지 주말에 놀러 오라고 말한다. 그리고 자기는 하루에도 몇 번씩 나와 동생을 생각한다며 숨겨 왔던 마음을 드러냈다. 어려운 게 아니었는데 아빠와 나 사이에 엉킨 실타래가 조금씩 풀려 갔다.

난 그때의 상처를 보상받지 못한 채로 독립을 했지만, 진심 어린 사과를 받았다. 하지만 그 사과 한마디에 모든 것이 풀리지는 않았다. 마치 영화처럼 뉘우치는 아버지를 용서하고 평생 오손도손 잘 지내는 해피 엔딩이면 참 좋았겠지만 현실은 달랐다. 삶은 영화 엔딩처럼 뚝 끝나는 것이 아니라 화해를 하고 난 뒤의 이야기도 있었다. 나와 아빠는 화해 이후의 이야기를 만들어 가는 중이다.

비밀 레시피

엄마들에게는 본인들만의 비밀 레시피가 하나쯤 있는 것처럼, 우리 엄마에게도 자신만의 주먹밥 레시피가 있었다. 동글동글한 모양에 검은색 김 띠가 둘러진 주먹밥은 소풍을 가거나 나들이를 가는 날에만 먹을 수 있는 특별한 것이었다. 메추리알 두 개 정도 크기에 살짝 길쭉한 모양을 한 주먹밥 안에는 햄과 예쁜 색깔의 야채들이 들어가 있었는데, 모양은 평범해도 맛은 포근하고 고소했다. 특히 나는 가운데 길고 얇게 김이 둘러진 부분이 좋았다. 맛보다는 시각적 포인트를 위해서 엄마가 수고를 한 느낌이 들어, 그 정성과 맛 때문에 엄마의 주먹밥이 특별하게 느껴진 걸 수도 있다.

세상 하나밖에 없는 이 주먹밥은 엄마와 따로 살면서부터 먹을 수 없게 되었다. 엄마는 요리하는 것을 별로 좋아하지 않았고 나도 더 이상 나들이를 다닐 때 엄마에게 도시락을 받을 정도로 어리지 않으니, 만들 이유가 사라진 것이었다. 하지만 종종 살다 보면 추억의 맛이 그리워질 때가 있지 않은가. 어느 날은 유독 그 주먹밥이 생각나 엄마에게 레시피를 물어 보았다. 엄마는 아직도 그걸 기억하는 내가 신기하고 기쁜지, 반가운 목소리로 알려 줬다.

"햄은 무조건 슬라이스 햄, 그러니깐 샌드위치용으로 사야 해. 그래야 나중에 뭉칠 때 더 잘 뭉쳐지거든." 생각해 보니 소풍 가기 전날 함께 도시락 쌀 재료들을 사러 갈 때면 슬라이스가 된 햄을 샀던 것 같다. 이 외에 파프리카를 색깔별로 준비해야 한다는 것과 재료와 밥을 한꺼번에 볶는 게 아니라, 야채와 햄을 먼저 볶고 난 뒤, 밥은 나중에 참기름과 섞는다는 것을 알게 됐을 때는 뒤통수를 맞은 느낌이었다. 내가 상상하던 요리 방법과는 전혀 달랐다.

엄마에게 레시피를 전수받은 뒤 곧장 재료사서 요리를 시작했다. 햄과 파프리카를 잘게 썰고, 볶고, 밥과 섞어서

뭉치는 과정. 생각보다 간단했지만 엄마처럼 능숙하게는 하지 못했다. 예상보다 밥이 잘 뭉쳐지지도 않았고, 장식용 김은 두를 때마다 떨어져 나중에는 아예 떼어 버렸다. 동글동글 예쁜 알약 모양을 내던 엄마의 주먹밥과는 다르게 내 주먹밥은 쌀알이 흐트러져 엉망이었다. 그래도 냄새와 맛은 제법 따라갔다. 조금 모자랐지만, 분명 엄마의 그 특별한 주먹밥 맛이었다. 나중에 엄마에게 사진을 찍어 보내니 한참을 웃는다. '쉬운 게 아니었지?' 하며 거들먹거리는데 이번만은 맞는 거 같아 군소리 없이 인정을 했다.

새엄마도 요리 하면 지지 않는 사람이었다. 본업이 주부이기도 했고, 예전부터 떡이나 맛탕 같은 간식들도 집에서 만들어 주며 먹는 데 부족함 없이 챙겨 주었다. 그 중에서 나는 봄마다 먹을 수 있는 특별한 간식, 쑥버무리를 굉장히 좋아했다. 특히 새엄마는 쑥버무리를 너무 달지 않고 유난히 고슬고슬하게 잘 쪄 주셨는데, 한번은 어떻게 만드는지 궁금해 주방에서 요리하는 것을 살펴보았다. 인근 산에서 따온 싱싱한 쑥을 손질하고 미리 만들어 놓은 쌀가루 반죽에 묻혀 찜기에 찌기까지. 이것 또한 간단했지만 번거로운 과정들이 많았다. 아무 생각 없이 보고 있는 나에게, 새엄마는 잘 지켜보라고 말했다. "나중에 더 크게 되면 혼자 만들어 먹을 수밖에 없는 시절이 올 거야. 그때, 두고두고 해 먹어야 하니깐 지금 잘 배워 둬." 팔 아래로 물에 갠 쌀가루들이 진득하게 묻은 걸 닦아 내셨다. 그때, 나는 깊게 공감하기 어려웠다. 나중에야 먹고 싶으면 사 먹으면 될 것이고 세상에 먹을 게 많은데 굳이 내가 배워서 해 먹을 일이 있을까 하고 말이다.

예전에는 추억과 그 사람만이 낼 수 있는 고유의 맛이 그리워질 수가 있다는 것을 몰랐다. 새엄마에게 여러 가지 요리를 더 배워 두지 못한 걸 후회할 때가 종종 있다. 이제는 주변에 쑥버무리를 파는 곳도 거의 없고, 사서 먹는다고 해도 내가 알던 그 맛이 아니라 실망이 이만저만이 아니다.

훗날 나에게 자식이 생긴다면 나도 우리 엄마들이 전수해 준 고유의 레시피들을 알려주고 싶다. 엄마의 엄마에서부터 내려와 너에게까지 오게 되었다고 말하면서. 이걸 또 네가 자식을 낳게 되면 물려주고, 또 물려줘서 나와 우리 엄마들을 기억해 줬으면 좋겠다는 작은 욕심을 부려 본다.

엄마들의 간호

몸이 안 좋은 날이면 유난히 서럽고 칭얼거림이 많아진다. 어렸을 적부터 잔병 치레가 많았던 나는 커서도 분기마다 열감기를 달고 살았다. 엄마는 내가 열이 나는 날이면 옷을 전부 벗기고 찬 물수건으로 뜨거워진 몸을 닦아 줬다. 그리고는 열을 더 식히기 위해 부채나 선풍기로 닦인 수분을 열과 함께 날아가게 했다. 벗은 몸이 창피하기도 하고 참을성이 없던 나는 갑작스런 한기에 몸부림치며 이불을 찾고는 했지만, 매번 엄마는 단호하게 저지했다. 그렇게 몇 분이 지나고 나면 잠깐이지만 정말 뜨거워졌던 몸이 식었다. 그럼 엄마는 잘 참았다는 보상으로 직접 쑨 계란죽을 들고 떠먹여 주었다. 특별히 계란 말고 다른 토핑은 없었지만, 간장에 약간 간을 한 엄마의 계란 죽은 지금도 생각날 정도로 맛있었다.

엄마의 간호 방식은 과학적이진 않아도 나랑 잘 맞았던 것인지 받고 나면 얼마 있지 않아 건강한 몸으로 다시 회복했다. 그래서 이후에 동생이 아플 때에도 엄마처럼 똑같이 간호를 해 주었고, 계란죽을 쑤는 법도 배워 종종 주변 사람들이 아플 때 직접 쒀 만들어 주곤 한다. 혼자 사는 지금도 아플 때면 엄마의 방식을 그대로 따라하며 이겨 냈다.

아빠가 재혼을 하고 얼마 되지 않아 독감에 걸린 적이 있었다. 온몸이 누렇게 뜨고 체온이 39도 가까이 될 정도로 크게 아파 방 안에서 꼼짝없이 갇혀 있었다. 나는 아픈 날이면 유독 감성이 짙어지는데, 그날따라 친엄마가 곁에 없는 것이 서러워 혼자 엉엉 울었다. 엄마가 있었다면 내 곁에서 평소처럼 간호를 해 줬을 텐데. 아직은 낯선 새엄마에게 내색은 하기 싫어 혼자 끙끙 앓다가 옅은 잠이 들었다. 그때 누군가가 조심스레 내 방문을 열고 들어오는 것이 느껴졌다.

차가운 얼음주머니와 물 한 컵을 들고 새엄마가 걱정이 가득한 얼굴로 내 곁으로 왔다. "많이 힘들지? 감기약 하나 먹고 이거 이마 위에 올려 둬." 상체를 힘겹게 일으켜 새엄마가 시킨 대로 물 한 컵과 함께 약을 들이켰다. 그리고 곧바로 눕자 새엄마는 가져온 얼음주머니를 이마에 올려 주었다. 한기에 놀라 나도 모르게 인상이 찌푸려졌다. 그러자 새엄마는 부리나케 밖으로 나가 얇은 수건 한 장을 이마 위에 깔고 다시 얼음주머니를 올려 주었다. 이마는 적당히 시원했고 메말라 있던 목구멍에 수분이 닿자 짜증이 났던 기분도 금세 누그러들었다. 새엄마는 내 볼을 만지면서 본인 체온과 내 체온을 비교했다. 낯선 사람과 닿는 것을 싫어했는데 이 날은 몸이 아파 기운이 없는 것인지, 나를 걱정해 주는 새엄마의 손길이 나쁘지 않았던 것인지 거부하지 않았다.

한두 시간이 지났을까. 다시 내 방으로 들어온 새엄마는 미역국에 밥을 말아 쟁반에 들고 왔다. 그동안 아플 때마다 계란죽을 먹어 왔던 나는 생소한 차림에 잠시 머뭇거렸다. 거기다 평소에 미역국을 즐겨 먹던 편이 아니라 더더욱 먹기 꺼려졌다. "미역이 여자들 몸에 좋아. 몸이 아플 때는 잘 먹어야 해." 옆에서 내가 한술 뜨기만을 기다리는 새엄마를 실망시킬 수 없어 마지못해 한 숟가락을 떴다. 그런데 내 생각보다 밥이 말아진 미역국은 참 맛있었고 한 숟가락, 두 숟가락 먹다 보니 어느새 빈 그릇만이 남았다. 든든하고 따뜻해진 위가 더부룩하지도 않고 딱 만족스럽게 배가 찼다. 새엄마는 다시 나에게 약을 건네주었고, 녹은 얼음주머니도 새로 갈아 주기를 반복했다. 엄마와는 다른 방법이었지만 새엄마의 간호 또한 정성이 어린 탓인지 나는 다음날 바로 컨디션을 잘 회복할 수 있었다.

엄마들은 엄마들만의 신비한 능력을 갖고 태어나는 것 같다. 의사가 아니더라도 자식을 본인만의 방법으로 치유할 수 있는 힘 같은 것 말이다. 각자 따로 살고 있는 지금도 아플 때면 우연인지 엄마들에게 연락이 동시에 올 때가 많았다. 괜찮다고 말해도 엄마들은 걱정하며 본인들이 알고 있는 방법으로 나에게 이것저것 걱정스러운 잔소리를 한다. 덩그러니 혼자 있는 방 안에서 외로움과 통증에 서러우면서도 두 엄마들의 걱정스러운 목소리가 울려 퍼질 때면 나는 버텨낼 힘을 얻고는 한다.

잔소리도 2배, 관심도 2배, 걱정도 2배로 받는 나지만 내 몸과 정신이 지쳤을 때면 엄마들에게 2배로 받는 마음들이 넘쳐, 세상에는 나를 지켜주는 사람이 많다는 것을 깨닫게 된다. 이건 나만 느낄 수 있는 특권과도 같아 새삼 엄마들이 무척 소중해진다.

엄마의 배신감

첫째에게 둘째의 존재란, 부모의 사랑을 빼앗는 도둑놈 같은 존재이며 앞으로 모든 관심과 애정이 나눠질 거라는 두려움의 대상이기도 하다. 나도 첫째 아이로서 그 마음을 어느 정도 잘 알고 있었다. 엄마 말로는 내가 동생이 자고 있을 때, 이불을 머리 끝까지 덮어 두고 달아난다거나, 마시고 있던 우유병을 빼앗아 먹는 일이 종종 있었다고 했다. 조금이라도 동생을 안아 주면 울며불며 떼를 썼고, 꼭 엄마 품에서 자야 안심했다. 어른이 된 지금이야 동생이 태어나 나에게 주는 사랑이 반으로 쪼개진 게 아니라 똑같은 양의 사랑이 추가로 생겨 난다는 걸 알았지만, 그때 그걸 받아들이기까지 아이는 오랜 시간이 걸렸다.

내가 유아기 때 겪었던 이러한 방황을 우리 엄마는 마흔이 넘은 시점에 겪고 있었다. 아빠의 재혼 사실을 알고부터 엄마는 새엄마를 경계하고, 우리가 그녀와 친하게 지내는 걸 매우 싫어했다. 나에게 엄마는 오직, 당신 하나며 세상 무엇보다 가장 사랑한다고 항상 말했지만 엄마는 본인에게 얼만큼 하는지가 중요한 게 아니었다. 우리가 새엄마에게 조금이라도 애정을 주는 것을 받아들이지 못하는 것 같았다.

한번은 동생이 새엄마에게 '엄마'라고 하는 소리를 듣자, 그녀가 충격을 받고 몇 주간 우리의 연락을 받지 않았다. 잔뜩 화가 난 엄마를 겨우 달래 만나니 그녀는 착잡하고 배신감에 찌든 얼굴로 어떻게 그럴 수 있는지 따져 물었다. 엄마는 '엄마'라는 호칭을 본인이 아닌 다른 사람에게 쓰는 것을 허락하지 못했다. 더군다나 아빠의 여자에게 자신을 유일하게 상징하는 호칭을 똑같이 불러 준다는 건 일종의 배신과도 같았다.

그래서 나와 동생은 엄마에게 그녀에 대한 이야기는 일절 하지 않았다. 엄마의 행동이 힘들었지만, 그 모습이 이해되지 않는 건 아니었다. 한평생 우리만 바라보고, 우리를 위해 살았을 엄마에게는 나와 동생의 존재가 세상 전부였을 것이다. 나 역시 엄마가 재혼을 한 자식에게 '우리 딸' 이렇게 부른다면 서운한 감정이 많이 들었을 것 같았다.

하지만 시간이 지나면서 변하지 않을 것 같은 내 마음도 새엄마와 함께 있으며 정이 쌓였고, 어느새 가족으로 받아들이고 있었다. 엄마의 바람대로 한평생 척을 지고 살기에는 우리가 너무 불행해질 것 같았다. 우리 또한 원하지 않은 상황을 맞고 적응해 가는 것처럼 엄마도 어느 정도 서운한 감정을 내려놓고 나와 동생이 인정한 가족을 받아들여 줬으면 했다.

대학교를 졸업하고 얼마 지나지 않아, 아빠와 새엄마와 함께 처음으로 가족 여행을 베트남으로 떠났다. 베트남을 미리 다녀온 동생이 가족끼리 가고 싶다며 신경을 많이 쓴 여행이었다. 첫날 숙소부터 좋은 호텔에 묵은 우리는 한껏 신이 났다. 나는 사진 찍는 것을 좋아했고 추억을 남기는 것을 굉장히 의미 있는 일이라 생각한다. 그래서 당연히 가족들과 함께 여러 사진을 찍어 그중 가장 잘 나온 것을 SNS에 업로드했다. 이때까지는 내가 올린 사진 한 장이 여행 내내 나를 괴롭히게 될 줄은 몰랐다.

사진을 올린 지 얼마 되지 않아, 엄마에게서 메시지가 왔다. '그 여자랑 여행 갔니?' 텍스트에서만 봐도 화가 난 게 느껴졌다. 나는 확인을 하자마자 심장이 덜컥 내려 앉았다. SNS에 엄마를 차단했다가 풀어놓은 것을 깜빡 잊고 있었던 것이었다. 황급히 사진을 내렸지만, 이미 엄마는 우리가 새엄마와 함께 여행을 떠난 걸 알게 된 후였다. 망연자실하며 동생에게 문자를 보여 주었고 곧 그녀는 짙은 한숨을 내쉬었다. "이렇게 된 거 어쩔 수 없지. 우선은 그냥 무시해." 동생은 익숙하다는 듯이 호텔 침대에 누웠다.

찝찝한 마음을 한가득 안은 채, 베트남 여행은 끝이 났다. 여행을 하는 3박 4일 동안 제대로 잘 수가 없었다. 한국에 홀로 있는 엄마한테 죄를 진 것 같은 기분이 나를 무겁고 우울하게 만들었다. 돌아와서도 엄마에게 연락을 몇 번이고 해 봤지만 받지 않았다. 제대로 토라진 엄마를 달래는 것도, 여독이 아직 풀리지 않은 것도 모두 피곤하고 지쳐 갔다.

보호자

혼자 살다 보면 가끔 비상연락처나 문서란에 보호자를 입력해야 될 때가 있다. 나이가 들기 전에는 주저 없이 엄마들과 아빠 이름을 가볍게 적고 끝냈다. 부모의 보호 아래 경제적 지원을 받고 있으니 당연히 보호자는 엄마들과 아빠가 맞았기 때문이다. 그런데 독립을 했고, 서른이 가까운 나이가 되자 과연 나의 보호자는 누구인지 헷갈렸다. 엄마들? 아빠? 세 분은 나의 부모님과 가족은 맞지만, 더 이상 나를 보호하는 역할을 담당하는 사람은 아닌 것 같았다. 오히려 반대로 내가 엄마의 보호자라면 모를까.

시간이 흐름에 따라 자연스레 보호자의 역할이 바뀐다는 것을 배워 가는 요즘이다. 특히 혼자 살고 있는 친엄마를 보면서 더욱 그런 생각이 든다. 오십이 넘으면서 체력도 예전 같지 않고 건강이 안 좋아지는 게 눈에 보이는데도 병원 한 번 가지 않는 엄마를 보면 답답하다. 괜찮다고 말하는 목소리에 비해 낡고 기운 없는 몸이 자꾸만 신경 쓰이게 한다. 그래서 멀리 떨어져 살고 있으면서도 혼자 살고 있는 엄마가 어디 아프지는 않을까, 힘든 상황은 없나 걱정하며 애끓는다. 만약 엄마에게 남편이 있었다면 나는 이런 걱정을 조금 덜 하지 않았을까. 철없는 걸 알지만 내 짐을 나눠 가져줄 누군가가 있길 바랐다.

나는 운이 좋게도 좋은 엄마를 한 명 더 만나, 엄마 둘, 아빠가 한 명이다. 그래서 받는 사랑과 관심도 많지만, 그만큼 책임지고 이후 부양해야 할 가족이 많은 것도 사실이다. 아직은 아빠가 회사에 다니고 있고, 노후 준비를 스스로 하셨기 때문에 내가 챙겨야 할 게 많지 않지만 더 나이가 들어 부모님들이 아프기 시작하면? 나조차도 세상을 견뎌내기 힘든데, 제대로 대처를 잘할 수 있을지 의문과 부담이 들었다.

지금도 생일, 명절, 결혼 등 남들보다 더 생각하고 고민을 해야 하는데, 추후 부모님들의 보호자가 내가 될 때에는 지금보다 더 큰 고민과 어려움을 가져야 한다는 게 조금 서글프다. 당연히 부모님들은 안 가져도 될 책임감이라 말하지만 딸로서 어쩔 수 없이 갖게 되는 걱정과 염려가 있기 때문에 외면하기 힘들다. 그래서 조금이라도 정정하고 힘이 있을 때, 그들이 본인 스스로를 건강하게 돌봤으면 좋겠다. 부모가 바라는 효가 나의 안정과 행복인 것처럼 나 또한 우리 부모님들이 오래도록 안락하고 편안한 삶을 살았으면 좋겠다. 그게 나의 부담을 덜어주는 일이고, 또 우리가 오래도록 행복할 수 있는 최선 같다.

나만 할 수 있는 위로

텔레비전에 나오는 자연인처럼 속세에서 벗어나 자연을 벗 삼고 싶다는 아빠는 깊은 산골에 주택을 하나 샀다. 직장 때문에 당장은 살기 어렵지만 주말마다 찾아가 성심성의껏 집을 꾸몄다. 뒤에는 커다란 산이 등을 지고 있고 왼편으로는 계곡물이 졸졸 흐르는 주말 저택은 가끔 나와 동생도 찾아가 잠시 쉬어 가는 곳이다. 아빠는 손님이 찾아온 게 좋은지 버선발로 뛰어나와 우리를 반긴다. 주변에 작은 슈퍼 하나 없고, 놀거리라고는 가끔 찾아오는 고양이들 정도지만 가끔 도심 속에서 벗어나 마음을 휴식하고 싶을 때면 난 그곳을 찾는다.

이런 시골 속 삶을 사랑하는 아빠와는 다르게 새엄마

는 영락없는 도시 여자였다. 단 한 번도 수도권을 떠나가 본 적이 없으며 주변에는 편의 시설과 사람들이 넘쳐났다. 아빠와 결혼 후에 작은 시로 이사를 했지만 그래도 본래 살고 있는 곳과 규모가 별반 다르지 않은 곳이었다. 하지만 이제 두 사람은 노후를 준비해야 할 때였고, 언젠가는 아빠의 뜻대로 시골 저택으로 가 터전을 꾸리며 살아야 했다. 이 사실이 새엄마는 조금 막막한 듯 가끔 놀러 온 나에게 하소연을 한다. "여기는 아무것도 없어. 병원을 가려고 해도 한참 걸리고, 뭐 하나 사려면 차를 타고 기본 20분은 나가야 해." 주변을 아무리 둘러보아도 풀과 돌밖에 없는 사실이 답답한 것 같았다. 나는 이런 새엄마를 이해했다. 자연을 좋아하는 나조차도 주변에 가까운 친구 한 명 없이 산골짜기에 사는 건 고루하고 힘이 빠지는 일일 것이다.

거기다 아빠는 책임감 있는 남편감이었지만 여자의 마음은 전혀 몰라주는 남자였다. 세심함과는 거리가 멀었고 독단적인 성향이 강해 모든 걸 본인 뜻대로 해야 성미가 풀렸다. 새엄마는 이런 아빠를 따라가고 함께하는 일들이 조금은 힘에 부치는 것 같았다. 그래서 가끔 나와 만나면, 둘이서 아빠 험담을 하기 바빴다. "아주 아빠는 말이야, 소리도 얼마나 버럭버럭 지르는지 나는 듣고 있으면 심장이 떨려." 새엄마가 가슴에 손을 얹고 고개를 젓는다. 그럼 나는 깊이 공감을 해 주면서 맞장구를 자연스럽게 치게 됐다. "아빠가 얼마나 다혈질인데. 저 성격 받아 주는 거 엄마밖에 없어. 나도 몇십 년 같이 살아 봤지만 어우, 못 살아 못 살아." 내가 이렇게 말하니 새엄마도 분이 풀렸는지, 함박웃음을 지으면서 조금이나마 마음을 푼다. 아빠를 가장 오래 옆에서 겪어 봤으니 누구보다 아빠에 관해서라면 잘 알고 깊게 공감할 수 있었다.

어느 날, 새엄마에게 부재중 통화 2건이 와 있었다. 반찬이나 떡 같은 걸 자취방에 보내줄 때가 아니면 따로 전화를 하지 않는 사람이라 무슨 일이 있나 싶어 다시 전화를 걸었다. 수신음이 얼마 가지 않아 곧장 새엄마의 목소리가 들렸다. "딸내미, 엄마 너무 힘들어." 나는 깜짝 놀랐다. 가끔 안부 인사 정도는 했어도 하소연이나 수다를 떨 만큼 통화를 한 적은 없었다. 오죽 힘들었던 것인지 나는 무슨 일이 있었냐고 물어봤다. "아니, 주말에 네가 온다고 했었잖아. 나는 딸내미가 힘든 줄 모르고 이번 주말에 백신 때문에 몸이 안 좋고 피곤해서 혼자 쉬었으면 했거든. 그래서 아빠한테 쉬고 싶다고 말한 건데, 아빠는 딸내미 힘든데 주말에 찾아오지도 못하게 하냐면서 나를 나쁜 사람처럼 모는 거야."

정황을 듣자마자 무슨 소리인지 한 번에 이해를 했다. 회사 일로 지쳐 있던 내가 아빠에게 힘들다고 말하자 곧바로 주말에 시골집에서 만나기로 약속을 잡았었다. 하지만 새엄마는 그런 사정을 모르고 백신을 맞고 얼마 지나지 않아 컨디션이 안 좋을 때, 내가 찾아오는 일이 피곤도 하고 제대로 챙겨 주지 못할까 봐 나중에 왔으면 싶었던 것이었다. 그걸로 아빠가 타박을 했으니 새엄마 입장에서는 억울하기도 하고, 본인이 정말 나쁜 계모처럼 굴었던 것 같아 내게 마음이 쓰였을 것이다.

"엄마는 정말 그런 마음이 아니었어. 우리 딸이 힘든 줄도 모르고, 그냥 요즘 몸이 너무 안 좋아서 그렇게 말한 건데…" 죄책감 묻은 목소리가 안쓰러웠다. 사실 나는 그날 아빠와의 통화로 마음이 풀렸던 탓에 굳이 주말에 가족을 만나지 않아도 상관없었다. 새엄마가 나중에 오라고 했어도 전혀 섭섭하지 않았을 것이다. 그런 이유라면 언제든 컨디션 좋은 날에 만나는 것이 나 또한 더 좋았다. 하지만 이렇게 나 때문에 두 사람 사이에서 싸움이 일어났으니 내가 해결해야 하는 게 맞는 거 같았다. 오죽하면 나한테 전화를 해서 하소연을 했을까. 곧장 새엄마의 마음을 풀어 주기 위해서 이야기를 들어주고, 험담도 함께했다. 그리고 통화 끝자락에 한껏 호통을 쳤다.

"엄마는 두 번째 결혼도 실패했어! 왜 이렇게 남자 보는 눈이 없는 거야?"

나만 할 수 있는 위로와 타박이었다. 그러자 곧이어 새엄마의 깔깔거리는 웃음소리가 속 시원하게 들려왔다. 다른 사람도 아니고 친딸인 내가 아빠와의 결혼을 잘못했다고 했으니, 새엄마 입장에서는 꽤나 웃겼을 것이다. 가끔 본인의 선택일지라도 나도 어려운 아빠와 함께 살고 있는 그녀가 대단하기도 하고 안쓰러운 마음이 들 때가 있었다. 그래서 고마운 마음에 약간이라도 기분을 풀어 주려고 했던 작은 호통이 이번에 제대로 먹힌 것이다.

새엄마는 나 때문에 못 살겠다고 하며 한결 나아진 목소리로 자기는 남편 복은 없지만, 자식 복은 있는 거 같다고 말했다. 나는 그 말에 울컥했다. 예쁜 액세서리와 꾸미는 것을 좋아하던 새엄마가 아빠를 만나 치장을 조금씩 포기하고, 중고등학생이었던 사춘기 두 딸들의 뒤치다꺼리를 하면서 홀로 외로운 싸움을 했을 것이다. 타인의 슬픔을 볼 줄 아는 나이가 되니 그제야 속이 시꺼멓게 탄 새엄마의 마음이 보였다.

그렇게 통화는 잘 마무리됐다. 나중에 아빠에게 듣기로는 서로 잘 풀고, 완만하게 해결을 했다고 한다. 아빠에게는 미안한 일이지만, 이번 기회로 나와 새엄마의 관계는 더욱 돈독해졌다. 정말 친모녀 사이와 다를 것 없는 이런 일들이 앞으로도 간혹 있었으면 좋겠다.

성공한 사람

"언니, 우리 가족 중에 누가 가장 성공한 거 같아?" 동생이 흥미로운 질문을 던졌다. 해야 할 게 산더미처럼 쌓여 있었지만, 한 번도 생각해 본 적 없던 주제라 왠지 호기심이 생겼다. 성공이라. 사람마다 성공의 기준은 다르겠지만 내가 생각하는 성공의 기준은 당장의 삶에 만족하면서도 꿈을 가진 사람이었다. 본인의 꿈을 위해 하루하루를 열심히 성실하게 살아가는 사람들을 보면 저런 게 성공과 가장 가까운 모습이 아닐까 싶었다.

그런 기준에서 보면, 우리들 중에 가장 성공한 사람은 의외로 엄마였다. 경제적, 사회적 위치를 떠나 엄마는 매일 하루를 성실하게 살아갔다. 오전에는 주변 지인의 밭에서 고구마나 깨 같은 농산물들을 관리하며 밭일을 도맡아 했고, 오후에는 방문 요양을 통해 할머니 한 분을 알뜰살뜰 모셨다. 거기다 주변에 엄마를 찾는 사람은 또 왜 이렇게 많은지, 한번 댁을 찾아가면 꼭 한두 명의 손님들이 찾아와 곤란해 했다. 엄마는 귀찮은 내색은 하면서도 주변 사람들이 어려움을 갖고 있으면 항상 도움을 주었다.

옆에서 지켜보는 나는 엄마가 정신 없이 고생하며 살고 있는 거 같아 매번 휴식을 강요했지만, 그럴 때마다 엄마는 눈을 반짝이며 말했다. "엄마는 꼭 산 속에 예쁜 집을 지을 거야. 그래서 나중에 너희들이 크고, 엄마가 보고 싶을 때마다 잘 쉬어 갈 수 있게 좋은 공간을 마련해 주고 싶어." 엄마의 인생에는 목적과 꿈이 있었다. 그렇기 때문에 조금은 힘들고 어려워도 엄마는 통장에 잔고가 쌓이는 것을 보며 내일을 두려워하지 않았다. 오히려 미래를 기대했다.

아빠와 함께 살고 있을 때 엄마는 어딘지 모르게 항상 불안하고 예민한 모습이었다. 늘 뭔가에 쫓기는 사람처럼 전전긍긍했고, 꿈이라는 목표가 있는 것보다는 단지

돈을 많이 벌고 싶다는 수단에만 몰두했다. 그런데 이제는 현재를 성실히 살고, 미래를 꿈꾼다. 내가 생각하는 성공한 사람의 삶을 우리 엄마가 실현하고 있다고 생각하자 가슴이 웅장해졌다. 애초에 엄마가 재혼할 생각이 없는 것도 꿈이 엄마의 삶을 지탱해 주고, 누군가에게 의지하지 않아도 되는 불안감이 사라졌으니 혼자여도 씩씩하게 살아갈 수 있던 것이었다.

생각이 정리되자 동생에게 엄마인 것 같다고 말했다. 그러자 동생도 웃으며 본인의 생각과 일치했는지 고개를 끄덕였다. “언니, 나는 엄마 때문에 이혼이라는 게 실패가 아니라는 걸 알게 됐어. 그 전까지는 이별이나 이혼 같은 상황이 무섭고 끝이라고만 생각했거든. 근데 엄마를 보니깐 아니더라고.” 동생은 엄마가 이혼을 하고 훨씬 더 즐겁고 멋진 삶을 살고 있는 것을 보며 가치관이 변했다고 했다.

나도 엄마를 보며 이혼은 끝이 아니라 새로운 시작이라는 것을 알게 되었다. 더 즐겁고 좋은 삶을 누리기 위해 잠시 고통스러운 시간을 갖고 맞서는 용기. 우리 엄마에게는 그런 용기가 있었고, 그렇기 때문에 엄마는 이전보다 훨씬 더 즐겁고 행복한 삶을 살 수 있었던 것이었다.

가장 가까운 주변에 여성 롤 모델이 있다는 건, 앞으로 미래를 살아가는 데 큰 믿음과 용기를 얻는다. 한때, 나와 동생은 여자로서 혼자 살아가는 것에 대해 불안감이 있어 결혼을 필수처럼 여겼을 때가 있었다. 하지만 우리 곁에서 50대 여성이 홀로 행복하게 살아가고 있는 것을 보면, 삶의 안정은 남자나 제도가 주는 것이 아니라 내 자신의 완전한 마음과 믿음이 필요하다는 것을 깨닫게 된다. 엄마가 보여주는 삶의 모습을 통해 나도 동생도 자신에 대한 믿음을 더욱 확고히 굳혔다.

인정

엄마와 나는 성향이 아주 많이 달랐다. 그래서 만나기만 하면 싸우기 일쑤였고, 서로의 행동을 지적하거나 탓하는 일도 비일비재였다. 한번은 엄마가 술 한잔을 마시며 이혼하기 전 과거에 대해 한탄을 하고 있을 때, 나는 안 좋았던 일을 다시 되새기는 게 지겨워 덜컥 엄마에게 화를 냈다. "이제 끝난 일인데, 왜 자꾸 같은 말을 되풀이하는 거야?" 현재 잘 살고 있으면 된 거지 자꾸 옛 이야기를 해서 내 마음을 뒤숭숭하게 만드는 엄마가 미웠다. 반대로 엄마는 그때를 생각하며 그런 일은 있었지만 지금은 잘 지내고 있는 상황을 이야기할 뿐인데, 덜컥 짜증 내는 나를 이해할 수 없다고 여겼다. 이런 식으로 우리는 서로 상처를 주고받는 악순환으로 대화를 피곤해했다.

우리를 훨씬 힘들게 한 건 아빠였고, 가정을 위해 희생된 건 엄마인 게 분명했는데 나의 원망은 어쩐지 아빠보다도 엄마에게로 더 향해 가고 있었다. 그 사실을 자각할 때마다 죄책감이라는 무거운 감정이 마음을 짓누른다. 난 왜 엄마를 그렇게밖에 생각할 수 없는 걸까.

생각해 보면 엄마를 이해하려고 노력해 본 적이 없었다. 주장하는 의견이 다르면 이해보다는 틀리거나, 이상한 거라고 받아들였다. 우린 가장 가까웠기 때문에, 또 사랑했기 때문에 나는 엄마가 나와 똑같은 생각과 행동을 하기를 원했으며 그렇지 않았을 때 곱절로 실망했다. 그런 얄미운 감정들이 쌓이다 보니, 가장 사랑하는 사람에게 상처를 줬다는 사실은 나를 더욱 힘들게 만들었고 엄마 또한 마찬가지로 힘들어했다. 그래서 엄마의 사정과 상황을 생각해 보기로 했다. 왜 엄마는 자꾸 과거를 되풀이하며 이야기를 쏟아 내는 것인지. 엄마의 삶을 딸로서 다시 되돌아보고 싶었다.

22살 어린 나이에 시집와 나를 가졌던 우리 엄마. 딸만

둘을 낳아, 할아버지의 눈총을 받기도 하고 육아에 참여를 하지 않는 아빠 때문에 독박 육아를 하면서 이 고생, 저 고생 안 해 본 게 없었다. 본래 엄마는 감성적이고 문학과 식물을 사랑하는 사람이었으나, 주변에 자신을 인정해 주는 사람도 없었고 아빠 또한 여자를 힘들게 하는 남자였기 때문에 점점 자신을 내려놓고 아내와 엄마로서의 삶만 살 수밖에 없었다. 그렇게 몇십 년을 살아가다, 불현듯 어릴 적부터 꿈꿨던 대학을 가족들과 반대에 부딪혀 가며 다녀오면서 본인의 삶을 잠시나마 찾았다. 하지만 여전히 아빠와의 삶은 본인이 감당하기에 힘들었고 이런저런 일들이 겹치며 헤어지게 되자 엄마 또한 큰 좌절을 맞이했다.

가장 큰 건 사랑하는 두 딸과 함께 살 수 없다는 것. 이제 세상에 혼자 남겨진 기분이 들어 엄마는 한동안 괴로워하고, 불안해했다. 수년이 지난 지금은 씩씩하게 잘 지내고 있지만, 그렇게 되기 위해서는 정말 많은 고통과 시간들이 동반될 수밖에 없었다.

이런 엄마의 삶을 떠올리자, 왜 엄마가 계속 과거 이야기를 반복적으로 늘어 놓았는지 조금 이해를 할 수 있었다. 엄마는 우리에게 인정을 받고 싶어 했다. 어려웠던 과거 속에서 우리를 이만큼 잘 키워 놓았고, 마찬가지로 본인 스스로도 잘 지내고 있는 걸 누군가가 인정해 줬으면 하는 욕구가 필요한 것 같았다. 나는 열심히 살아온 엄마를 마음속으로는 인정하면서도 한 번도 바깥으로 표현을 해 본 적이 없었다. 그렇기 때문에 나와 엄마는 항상 이 상황들을 반복적으로 되풀이했다.

내가 엄마에게 인정받고 싶은 욕구가 있듯이, 엄마 또한 자식들에게 인정받고 싶은 욕구가 있다는 것을 처음 깨닫게 되었다. 그걸 알게 되자마자 나는 엄마에 대한 태도를 바로잡기로 했다. 먼저 엄마를 인정하고 이해하려고 노력하는 것. 엄마가 어린 시절 나를 위해 노력했듯이 나 또한 사랑하는 엄마를 위해 내가 먼저 태도를 바꿔보고 싶다.

상처 마주보기

난생 처음으로 가족들과 상처를 마주보기로 했다. 드라마틱한 계기가 따로 있던 건 아니었고, 문득 사무실에 앉아 비가 오는 창가 자리를 보다 보니 가족들 생각이 났다. 내가 부모에게 상처 받은 것처럼 아빠, 엄마들도 나에게 상처 받고 치유되지 않는 순간들이 있었을 것 같았다. 그래서 용기를 내보기로 했다. 내가 가족들에게 준 상처를 마주보기로. 무서웠지만 그래도 알고 싶었다. 아니, 알아야만 했다.

내가 상처 준 대상에게 그때의 상황과 기억을 물어보는 것은 아주 어려운 일이다. 특히, 부모님들의 원망이 두려웠고 내가 나를 용서할 수 없을까 봐 겁이 났다. 혹시

나도 모르게 깊은 상처를 줬다면, 그걸 감당할 자신이 있을지도 몰랐다. 하지만 알아야 했기 때문에 먼저 친엄마에게 연락을 했다. 느닷없이 물어보는 건 좀 아닌 것 같아 괜히 안부를 묻는 척하며 운을 띄웠다. 어쩐 일인지 오늘은 제때 연락을 받았다. 엄마에게도 뭔가 텔레파시가 통했나 보다.

'엄마, 그동안 내가 엄마에게 어떤 상처를 줬어?'

엄마는 메시지를 바로 확인했지만 답장이 곧바로 오지는 않았다. 갑작스러운 나의 질문에 당황도 했을 것이고, 과거의 기억을 끄집어내기 위해 시간도 좀 필요했을 것이다. 나는 초조한 마음으로 기다렸다. 잠시 뒤, 짧지도 길지도 않은 문장들이 나타났다. 엄마는 더 이상 과거는 중요하지 않다고 말했다. 이제 엄마는 나에게 주었던 상처를 되풀이하지 않으려고 노력하면서 자신을 이해하려고 애써 준 나에게 고맙다고 말했다. 비록 내가 원하는 답은 듣지 못했지만, 그래도 엄마가 지금 과거를 어떻게 생각하고, 상처를 어느 정도 회복 중인지 알게 됐다. 역시,

엄마는 나보다 훨씬 강한 사람이었다.

아빠에게도 넌지시 물어보았다. 엄마보다도 아빠한테 물어보는 일이 훨씬 힘들었다. 이런 불편한 속 얘기를 우리 사이에서는 거의 하지 않기 때문에 쑥스러운 감정과 초조한 감정이 동시에 일었다. 내 질문을 듣던 아빠는 엄마처럼 잠시 고민하는 것 같았다. 민망함에 혹시 말을 흐리면 어쩌나 하는 생각이 들 때쯤 아빠가 답변을 주었다. "아빠는 네게 씻을 수 없는 상처를 줬지만, 넌 나에게 상처를 준 적이 없어. 그래서 미안해." 기쁘기보다는 미심쩍었다. 제아무리 내가 이성적이지 않더라도 어린 시절과 지금까지의 인생을 되돌아보면 나도 아빠에게 모진 말과 비뚤어진 행동을 많이 했었다. 그 사실은 나를 포함해 가족 모두가 알고 있었고 다 느낀 사실이었다. 그런데, 아빠는 나에게 상처 받은 게 없다고 거짓말을 했다.

새엄마도 아빠와 마찬가지 반응이었다. 그런 거 없이 지금 잘 살고 있으면 된다고 다정하게 말했다. 나름 큰 마음 먹고 부모님들에게 물어보았건만 아무도 내가 당신들에게 준 상처를 꺼내 놓지 않았다. 나는 매번 과거를 끄집어내고 그 시절을 기억하면서 부모님들을 원망하고 살았는데…. 아빠와 엄마들은 나의 흉을 전부 묻어 두는 것 같았다. 마치 내가 죄책감을 갖지 않고 살기를 바라는 것처럼 예쁘고 즐거운 모습만 기억하려는 사람들 같았다.

이게 부모와 자식의 차이일까. 고마운 마음과 창피한 마음이 동시에 들었다. 그동안 참, 내가 속 없이 굴었다는 생각에 부모님들에게 미안했다. 차라리 가족들이 나에게 받은 상처를 얘기해 주고 사과받고 싶다 말했다면 이렇게까지 마음이 미어지지는 않을 것 같았다. 나는 아빠와 엄마들에게 제대로 된 답변을 듣지는 못했지만, 원래 하려고 마음 먹었던 사과를 했다. 진짜 상처에 대한 내용을 못 들었어도 내 기억 속에 있던 무례하고 가시 같았던 행동들에 대해 "미안하다"라고 말하고 싶었다.

나의 사과에 아빠와 엄마들이 기뻐했다. 내가 받았던 감동을 부모님들에게 돌려준 것 같아 행복해졌다. 어느새 밖을 보니, 먹구름이 사라지고 빗줄기도 멈추었다. 저 멀리 구름 틈새에서 옅은 빛이 새어 나왔다. 마치 우리 가족들의 앞날처럼 비 온 뒤, 맑음이 찾아오고 있었다.

엄마와 졸업식

고등학교 졸업식이 다가오자 곤란한 일이 생겼다. 졸업식 날 아빠와 새엄마도 찾아온다 말하고, 엄마도 축하를 해 주고 싶다며 졸업식 일정을 알려 달라는 연락이 왔다. 어떤 친구는 부모님이 시간이 없어 찾아오지 못해 서운하다고 말하는데, 나는 복이 얼마나 많은지 여러 명이 찾아오겠다고 성화였다. 기분은 좋았지만, 참 난감한 일이었다. 누구 한쪽을 선택해야 하는 이런 상황들이 다른 한쪽을 서운하게 할까 봐 늘 걱정이 되었다. 그렇다고 양쪽 다 오지 말라고 할 수도 없고. 잠시 고민을 하다, 이번 졸업식에는 엄마가 와 줬으면 좋겠다고 결론을 내렸다. 엄마를 보고 싶었던 마음도 컸고, 무엇보다 내가 지냈던

학교와 친구들을 엄마에게 소개시켜 주고 싶었다.

졸업식 당일 날, 마지막인 교복을 깔끔하게 차려입고 친구들과 함께 강당에 서 있었다. 그 속에서 앞으로 자주 못 볼 학교와 친구들을 보며 코끝이 괜히 찡해졌다. 곧 대학교 기숙사를 들어가 한동안 고향을 방문하지 않을 예정이었다. 이제는 성인이 되었으니 가족들에게서 벗어나 나만의 시간과 터전을 만들어 가고 싶었다.

뒤에는 학부모님들이 여럿 모여 있는 것이 눈에 띄었다. 다들 추운 날씨임에도 꽃다발과 멋진 정장 차림으로 아이들을 자랑스럽게 바라보고 있었다. 나는 혹시나 엄마가 오지 않았을까 봐 괜히 강당 뒤를 자꾸만 쳐다보았다. 하루 종일 연락이 불통이라 혹시나 엄마가 늦잠을 자거나 다른 일로 찾아오지 못했을까 봐 전전긍긍했다. 그렇게 마음을 졸이며 있다, 강당에서 졸업식이 끝나고 반대로 줄을 지어 교실로 돌아가야 하는 차례가 다가왔다.

그때, 반 아이들과 단체로 이동하자 익숙한 목소리가 들렸다. 엄마가 다른 학부모 틈 속에서 우렁차게 내 이름을 계속 부르고 있었던 것이다. 내가 듣지 못하고 지나갈까 봐, 손까지 흔들며 내 이름을 끝까지 외쳤다. 그 반가운 표정과 흔들거리는 손바닥이 어찌나 귀여운지. 나는 그 대열에서 잠시 벗어나 웃으며 엄마에게 손을 흔들어 주었다. 그리고 엄마가 건넨 프리지아 꽃다발을 받아 들었다. 한눈에 봐도 엄마가 직접 만든 꽃다발이었다. 시간이 없어 고맙다는 말도 못하고, 교실로 가자는 손짓과 함께 후딱 반 아이들을 따라왔다.

교실에서 담임 선생님께 졸업장을 받고 무사히 졸업식을 마쳤다. 친구들은 찾아온 부모님들에게 받은 꽃다발을 들고 함께 사진을 찍거나, 학교를 소개시켜 주었다. 나도 복도에 서 있던 엄마의 소매를 끌어 친구들을 소개해 주고 함께 사진을 찍었다. 여러 가족들이 찾아와 반긴 것보다도 혼자 씩씩하게 나를 만나러 와준 엄마 한 명이 너무 기쁘고 자랑스러웠다. 아빠와 새엄마에게는 미안했지만, 이날만큼은 엄마를 선택한 게 잘한 일이라는 생각이 들었다.

문득, 엄마의 대학교 졸업식 날 정작 나는 찾아가지 못했던 게 생각났다. 그 당시 동생 졸업식과 겹쳐 아빠와 나는 동생에게 찾아갈 수밖에 없었다. 엄마는 이해하면서도 속으로는 조금 서운했을 것이다. 어렵사리 공부해 졸업을 마쳤는데, 정작 졸업식 날 축하해 줄 가족들은 찾아오지 않았으니 말이다. 그때 찍어온 사진 속에는 엄마가 무표정으로 학사모를 쓰고 앞을 바라보고 있었다. 그곳에 나라도 있었다면, 사진 속 엄마의 표정은 조금 미소를 띠고 있지 않았을까 싶었다.

그런 경험 때문인지 엄마는 졸업식 날, 내가 혹시라도 외로움을 느낄까 봐 일도 잠시 멈추고 나를 보러 와 준 것이다. 함께 짜장면을 먹으면서 하얀 봉투와 함께 축하한다는 말을 들었다. 봉투 속에는 지폐가 여러 장 들어 있었고, 엄마의 얼굴은 무척 행복하고 대견해 보였다.

많은 일이 있었지만, 그래도 내가 무사히 고등학교 졸업을 마치고 올바르게 자란 모습을 보며 엄마는 마음을 한시름 놓았던 것 같았다. 자신의 이혼으로 자식이 엇나갈까 봐 마음 졸이고 있었던 것도 이해가 됐다. 우리는 졸업장을 펴 보며 서로가 서로의 역할을 잘 마쳤다는 생각을 했다. 누가 인정해 주는 건 아니었지만, 그냥 이 졸업장과 함께 있는 두 사람이 마치 그 증거 같아 행복했다.

서로의 편지

나는 손 편지를 좋아한다. 예쁜 편지지를 사고, 한 글자 한 글자 정성을 담아 상대방을 위해 글씨를 적어 가는 일이 수고롭지만 행복한 일이다. 생일날 선물이 없어도 손 편지 한 장을 받으면 뛸 듯이 좋았고, 나도 누군가에게 특별하거나 위로할 일이 생기면 매 순간 손 편지를 적었다. 그렇게 친구, 지인, 가족들과 나눈 손 편지들이 십여 년이 지나가니 한가득 차, 나만의 비밀 상자에 넣어 두고는 지칠 때마다 하나씩 꺼내 읽는다. 나를 위한 상대방의 따뜻한 마음이 묻어 나올 때면 내가 사랑받고 있고, 소중한 사람이라는 걸 다시금 기억해 낼 수 있어 기쁘다.

어느 날 엄마에게 사진 두 장이 메신저로 왔다. 곧바로 확인해 보니 아르바이트를 해서 받은 첫 월급 봉투에 써 준 편지와 부모님이 이혼을 하고 엄마와 헤어지던 날, 보냈던 편지였다. 평소 남들이 나에게 써 준 편지는 자주 읽었지만, 내가 직접 쓴 편지를 읽게 되는 일은 많이 없어 그저 신기했다. 그리고 엄마가 이 편지를 아직도 갖고 있다는 사실에 놀랐다. 나도 한동안 잊고 있던 기억이었고, 물건을 간직하는 성격이 아닌 엄마가 십 년도 더 된 편지를 아직까지 갖고 있었다는 부분에서 감동을 받았다. 그리고 편지 내용을 읽자 엄마와 헤어졌을 때가 떠올랐다.

To. 사랑하는 우리 엄마

엄마, 그동안 많이 힘들었지? 아니다, 지금도 많이 힘들지? 정말 미안해. 난 엄마한테 해 준 게 너무 없고, 할 줄 아는 것도 없어서…. 엄마랑 아빠가 이렇게 된 건 슬픈 일이고 싫은 일이지만 나랑 동생은 다 이해하니깐 우리 걱정은 말아.

제발 밥 잘 챙겨먹고, 아프면 병원 가…. 막내는 걱정 마, 내가 언니 노릇 잘할게. 그러니깐 엄마는 이제 엄마를 위해서 잘 살 생각만 해. 당장은 나보다도 엄마가 더 힘들고 슬프다는 거 알지만, 우리 조금만 힘내 보자. 그래서 나중에 어느 정도 괜찮아

졌을 때, 우리 셋이서 함께 살자.
이런 일 예상하지 않은 건 아니지만 그래도 엄마가 더 잘 지낼 수 있고 더 행복할 수 있다면 괜찮아. 그러니깐 무조건 잘 지내고 행복해야 돼! 주말마다 엄마 얼굴이 점점 좋아지는 모습을 봤으면 좋겠어. 내가 그동안 엄마한테 못되게 굴었던 것도 많고 속상하게 했던 것도 많았지만 진심은 아닌 거 알고 있지? 난 정말 엄마를 너무너무 사랑해. 엄마가 내 엄마라는 사실이 자랑스럽고 나도 엄마 같은 딸이 되도록 노력할게. 고마워 엄마, 사랑해요.

어릴 때 썼던 편지라 조금 부산스럽고 어색하지만, 그래도 내가 얼마나 엄마를 사랑하고 걱정했는지 알 수 있었다. 갑작스러운 이별 때문에 좋은 편지지를 구하지도 못해서 노트 한 장에 급히 썼지만 마음은 누구보다 진심이었다. 그리고 이걸 전하면서 엄마도 나도 많이 울었다. 엄마 뱃속에서 열 달을 지내고 나와 한평생 엄마 품속에만 있던 내가 어른이 되지도 않은 상태에서 헤어져야 한다는 사실이 고통이었다. 늘 괜찮은 척했고 아닌 척했지만 나도 아직은 어린 십 대 소녀일 뿐이었다.

그날 엄마와 나, 그리고 동생 셋이 한 방에서 울며불며 껴안은 채로 잠이 들었다. 그리고 눈을 떴을 때, 내 옆에는 엄마 대신 쪽지 하나가 남겨져 있었다. 내 편지에 대한 엄마의 답장이었다. 마른 눈물 자국을 떼지도 않고 나는 덜덜 손을 떨며 곱게 접힌 쪽지를 풀었다.

To. 엄마의 보호자 큰딸

너무 미안해서… 눈물부터 난다. 그동안 너무 못해줘서 가슴 아프고, 후회되고, 잘 참는 것 같아도 엄마 아빠 싸울 때마다 가슴 졸이며 마음 아팠던 것. 알면서도 그 상처 씻어 주지 못하고, 또 너무 아픈 상처 줘서 엄마 마음이 너무 아프고 미안해. 무슨 말을 할 수 있겠니…….

엄마가 네게 너무 큰 상처를 줬단다. 너무도 잘 알고 있단다. 큰딸아, 엄마가 행복해지려고 너를 힘들게 하고 아프게 하는 게 아니라는 걸. 시간이 지나면 알게 될 거야. 정말 앞으로 어떤 어려움이 생길지, 힘이 들지 모르지만, 너와 동생이 정말 재미있게 살고 마음 편하게 살고 싶은 소원을 담고 엄마도 어렵게 결정한 거야. 엄마랑 아빠가 큰소리 날 때마다. 엄마는 네 맘 알고 있었어. 마음 아프고, 불안하고, 짜증 나기도 하는 것….
그런 날이 너무 많아질까 봐, 그래서 더 큰 상처를 주게 될까
봐…. 엄마가 너무 미안해서 무슨 말을 해야 할지 모르겠다.
근데 엄마는 정말 네가 태어나서 이제까지 엄마한테는 세상을
살아가는 제일 큰 힘이었고, 희망이었고, 큰딸이 엄마의 보호
자였다….
너를 너무 사랑하고 미안하고 너무 엄마가 죄가 많다.
엄마가 평범하지 못해서 너무 미안하다.
정말 사랑해. 엄마 딸…….

엄마는 이 편지가 자신이 살아가는 데 힘이 된다고 했다. 하지만 나는 다시는 엄마에게 이런 편지를 받고 싶지 않았다. 이별을 처음 알았고, 사랑하는 사람과 떨어져 산다는 것을 처음 경험한 순간. 그렇기에 서로가 더 소중하다는 걸 알게 된 깨달음. 이런 건 한 번으로 족한다. 앞으로 우리 사이에서는 축하를 해주는 편지만 오고 가며, 눈물보다 웃음이 먼저 나오는 문장들이 가득 차기를 바란다.

인생의 동아줄

인생이 순탄하지 못하다는 건 회사에 들어가면 알게 된다. 출판사가 적성에 맞지 않았던 나는 1년도 안 돼 첫 직장을 그만뒀다. 그리고 운이 좋게도 곧바로 광고대행사에 입사를 했지만, 그곳에서도 별반 다르지 않았다. 하는 일에 비해서 지독한 박봉이었고, 사람들은 좋았지만 어딜 가든 나를 힘들게 하는 사람 한두 명은 꼭 있었다. 어렸을 때는 20대 후반이 되면 어느 정도 자리를 잡고 경력직 회사원으로 여유를 가지게 될 줄 알았다. 빳빳하게 다려진 셔츠와 점심시간에 직원들과 함께 즐기는 커피타임. 출퇴근은 당연히 내 전용 자가용으로 운전하며 적당히 괜찮은 오피스텔에서 자취할 거라고 상상했다.

그런데 실제로 겪는 20대 후반은 생각보다 매우 후졌다. 서울에서는 제대로 된 원룸을 구하는 것 자체도 어렵지만, 월세가 비싸 쥐꼬리만한 월급의 4분의 1이 나가는 구조였다. 그리고 직장인이 커피를 마시는 건, 단순히 직원들끼리의 화합이 아니라 오후 시간을 죽지 않고 버티기 위한 체력증강제라는 걸 여기 와서 알았다. 다니는 회사 업무가 어렵거나 퇴사한 곳보다 안 맞는 건 아니었지만 이곳은 신경 쓸 일이 너무 많았다. 광고의 특성상 24시간이 돌아가는 구조라 업무 시간 외로도 모니터링하는 것이 당연시되는 곳이었다. 그래서 주말과 공휴일에도 업무가 사생활을 침범했고, 매일같이 나오는 광고 실적은 사람을 피 말리게 했다.

어느 날, 회사 대표가 나를 따로 불러서 혼을 냈다. 운영을 잘해 오던 제품의 광고 실적이 안 나오면서부터 내 업무 능력을 의심하고 하지도 않는 근무 태만을 들먹이기 시작한 것이다. 결과에 대한 대표의 평가는 그럴 수 있다고 인정하면서도, 내가 그동안 해왔던 노력과 고생은 하나도 몰라 주는 것 같아 서운하고 억울한 마음이 컸다.

거기다 후배는 타이밍 좋게 사고를 치고 해결해 달라 아우성이었고, 광고주에게도 지난달 실적에 대해 막말하듯 쏘아붙이는 전화가 왔다. 안 좋은 일들은 꼭 이렇게 한 번에 온다고, 이 날은 마치 신에게 버림받은 것처럼 악재가 겹치고 겹치는 날이었다.

자리에서 분함과 우울한 감정을 꾹꾹 눌러 담던 나는 터지기 일보 직전에 옥상으로 올라갔다. 핸드폰을 보니 아빠에게 전화가 와 있었다. 평소라면 분을 삭이고 나중이 돼서야 연락을 했겠지만, 오늘은 유독 나도 다른 딸들처럼 투정을 부려보고 싶었다. 수신음이 얼마 지나지 않아 아빠는 전화를 받았다. "큰딸, 무슨 일이야?" 아빠 목소리를 듣자마자 복받쳤던 감정이 쏟아지면서 눈물이 터져 나왔다.

당황한 아빠가 내 이름을 여러 번 불렀지만, 나는 아무 대답도 할 수 없었다. 차오르는 숨과 눈물로 막힌 목구멍에서는 억울한 감정만 토해내고 있었다. 아빠는 수화기 너머에서 한참을 기다려 주다가 내가 조금 진정이 되자 다시 물었다. "무슨 일 있었어?" 나는 오늘 있었던 일들뿐만 아니라 그동안 회사에서 쌓였던 서러움과 겪었던 문제들을 모두 말했다. 그래야 내가 살 것 같아서. 안 그러면 당장이라도 회사를 뛰쳐나가 무슨 짓이라도 할 것 같았다.

아빠는 내 얘기를 가만히 듣다가 끝에 단호한 목소리로 말했다. "너 거기 당장 그만둬! 아빠 아직 능력 되고, 너 생활비 부족하면 아빠가 지원해 줄 수 있어. 그러니깐 깔끔하게 그만둬도 돼." 뜻밖의 말에 나는 너무 놀랐다. 인생은 원래 그런 거니깐, 당신들도 모두 다 그런 시절을 겪었으니 나에게 참으라는 뻔한 대답을 예상했건만 아빠의 대답은 정반대였다. 그만두라는 말 한마디에 흥분했던 마음이 가라앉고 속상한 감정들이 녹아 버렸다. 무너졌던 자존감도 아빠가 나를 지지해 주고 있다는 사실을 느끼자 되살아났다. 그래, 나에게는 든든한 지원자인 아빠가 있었다.

신기하게도 믿을 구석이 있다는 걸 알게 되자 마음이 한결 가벼워졌다. 나는 아빠와 통화를 잘 끝내고 사무실 자리로 돌아왔다. 십여 분 전까지만 해도 꼴도 보기 싫고 다시 돌아오고 싶지 않은 장소였건만 이제는 다 괜찮아졌다. 굳이 나를 버리면서까지 버티지 않아도 된다는 걸 아빠가 알려 줬다.

주눅 들었던 기분도 눈치를 보던 매 순간도 사라지니 오히려 일의 능률이 올라갔다. 아빠는 나에게 퇴사를 하라고 말했지만, 그 말이 오히려 응원이 되어 나에게 긍정적인 영향력을 가져다 준 것이었다. 이렇게 가족의 지지를 받는다는 건, 힘든 사회생활 속에서 한 줄기의 동아줄이 되고 그 동아줄이 내 인생을 조금 더 찬란하게 만들어 주는 것 같다.

노력

좋은 인간관계를 유지하기 위해서는 노력이 필요했다. 가장 절친한 친구 사이에도 관심이 소홀하거나 편한 관계라고 생각해 무례한 실수를 한다면 금방 틀어져 버린다. 최고의 스트레스는 인간관계라는 말이 있는 것처럼 좋고 올바른 관계를 쌓아가기 위해서는 구성원들의 노력이 중요하다. 이건 연인, 친구, 동료, 가족 모두에게 해당된다.

가장 가깝고, 중요한 관계일수록 관계에 대한 노력은 꾸준히 필요한데, 이상하게도 가족들에게 있어서 만큼은 그게 잘 되지 않는다. 한평생을 함께 지내 왔기 때문일까. 가족들은 이미 서로가 서로를 너무 잘 알고 있다는 착각을 많이 한다. 그래서 굳이 별다른 노력을 하지 않아도 괜찮은 관계라고 치부해 버리며 살아가는 경우가 종종 보인다.

내가 그랬다. 친구들과 직장 동료들에게는 많은 관심을 보이고 고민을 들어줬지만, 정작 우리 가족들에게는 별다른 반응이 없었다. 엄마와 아빠가 싸웠다고 하면 '또 싸웠구나' 하고 넘어가 버리고, 동생이 나에게 서운하다고 그러면 깊게 생각도 하지 않고 '그렇구나' 하면서 아무 반응 없이 넘어갔다. 가족들이 중요하다는 건 알았지만 행동과 마음은 아무것도 하지 않았다. 굳이, 가족들과 좋은 관계로 지내야 하는 것인지 의문이 들었다. 더 이상 함께 살지 않는데 왜 내가 쓸모 없는 에너지를 낭비해야 하는지 이해하기 힘들었다.

동생은 아빠가 달라졌다고 말했다. 나도 자주 연락을 해 주고, 항상 사랑한다는 말을 하는 아빠를 보며 그 변화를 느끼고 있었다. 새엄마와 나와의 관계도 이제는 친모녀 사이라고 해도 될 만큼 애틋하고 사랑스러웠다. 친엄마 또한 예전처럼 서로 상처를 주고받기보다는 서로를 이해해 보려고 노력했다. 상처 입히지 않았다. 나만 빼고

모든 가족들이 노력하고 있었다. 이 상황에서 홀로 깍두기처럼 아무것도 하지 않는다면 우리 가족들은 영영 좋은 관계로 돌아가기 어렵다는 것을 알았다. 특히 우리 중에 가장 노력하는 동생에게 부끄러운 마음이 들지 않도록 나 또한 늦었지만 가족들을 보살펴 보기로 했다.

십 년의 시간

스물아홉이 되었다. 우리 엄마에게 스물아홉은 나와 동생을 유치원 보내며 미래를 걱정할 나이였고, 우리 아빠에게 스물아홉은 가족을 돌봐야 한다는 책임감이 버거운 나이였고, 우리 새엄마에게 스물아홉은 아내로서 엄마로서 모두 잘하고 싶었던 시절이었다. 우리 부모님들이 걸어왔던 스물아홉과 나의 스물아홉은 참 많이 다르지만, 모두 가족을 생각하고 사랑했던 나날들이었다.

십 년이 넘는 시간 동안 참 많은 일이 있었다. 우리는 서로를 사랑했지만, 사랑하는 방법이 달랐다. 그래서 긴 시간 동안 서로를 상처 입히고 오해를 쌓다 보니 사랑보다는 미움이 더 앞섰다. 시간이 한참 지난 이제서야 멀어진 거리를 되돌아보며 가까워지기 위해 나도, 부모님들도, 동생도 모두 용기를 내는 중이다.

최근 다니던 회사를 퇴사했다. 정도 많이 들고 사람들도 좋았지만, 나의 성장을 방해하는 요소가 많았던 곳이었다. 마지막 출근을 앞두고, 아빠에게 메시지가 하나 왔다. 그동안 힘들게 회사를 다니느라 수고했다는 말과 함께 내 계좌로 30만 원을 입금했다는 내용이었다. 그 돈으로 가을 옷도 사 입고 맛있는 것도 먹으면서 훌훌 털어버리라는 말이, 회사에서 노력했던 시간들을 우리 아빠가 보상해 주는 거 같아 아침부터 눈물이 맺혔다. '고생했다'는 그 말이 수십 년 동안 회사를 다니던 아빠에게 인정을 받은 거 같아 마음이 욱신거렸다.

이제서야 비로소 우리는 서로가 서로에게 원하는 방법으로 사랑을 표현할 줄 알게 되었다. 쑥스러운 마음으로 내가 아빠에게 긴 장문의 답장을 하는 일도, 귀여운 이모티콘으로 딸에게 사랑을 표현하는 일도 예전 같으면 가당치도 않았을 텐데 말이다.

여전히 혼자 살고 있는 엄마는 어느 순간부터 내 감정

을 먼저 살피고 위로해 주는 법을 알아냈다. 항상 감정을 보듬어 주는 건 내 역할이었는데, 엄마는 세상에 가장 귀하고 좋은 말들로 나에 대한 사랑 표현을 아낌없이 해 주고 있다. 그걸 듣다 보면, 내가 정말 귀한 존재라는 생각이 들어 어깨에 저절로 힘이 들어간다.

가족은 든든한 울타리라는 표현을 실감한다. 하지만 아직 그 울타리는 단단하지 않아 배우고 고쳐야 할 점이 많다. 누구 한 명이 지지대가 되어 버티고 있는 관계를 원하지 않기에 서로를 믿고 의지할 수 있는 견고한 가족 울타리를 만들어 가고 있다. 외부의 적이 나타나도 무너지지 않는 그런 울타리. 앞으로의 우리가 참으로 기대된다.

에필로그

살다 보면 인생의 수많은 시련들이 찾아오지만 가끔씩 특별한 행운들도 찾아온다는 걸 느낍니다. 그중 하나가 참된 귀인들을 사귄 것이고, 다른 하나는 이렇게 제 삶의 일부분을 함께 나눌 수 있는 기회가 생긴 것입니다. 이 책을 쓰면서 몇 개월 동안 과거와 현재를 수없이 오고 갔습니다. 상처 입은 그날의 일들을 회상할 때마다 마음 한편이 아프면서도 놓쳤던 다정한 순간들을 다시 기억할 수 있어 참 기뻤어요. 그래서 작업을 하는 시간이 귀중하면서도 제 자신 또한 돌아볼 수 있던 치유의 날들이었네요.

저라는 사람은 늘 기대보다는 우려와 걱정이 많아 항상 조심스러워요. 내 글이 우리 가족 구성원 중 한 명, 혹은 전체에게 상처를 줄 수 있을지도 모른다는 생각이 내

내 마음을 괴롭혔습니다. 하지만 그때 당시, 혹은 지금 내가 가족들을 솔직하게 바라보는 시선이었고 한번쯤 말하는 시간도 필요하다 생각했습니다. 그땐 그랬지만, 이제는 과거에 얽매여 가족과 제 자신을 탓하는 일은 하지 않고 있으니깐요. 그렇기 때문에 한 발자국 더 앞으로 나아갈 수 있고 가족들과 즐거운 미래를 꿈꿀 수 있기 때문에 이해해 주실 거라고 믿습니다.

늘 시작은 장황했고 끝은 희미했기 때문에 관계도 글도 사랑도 모두 마무리를 잘하지 못하는 버릇이 있습니다. 그래서 늘 후회와 자책으로 번지는 일이 많아 도전을 두려워했는데, 최근 생각이 많이 바뀌었어요. 결과가 잘 안 나오더라도 누군가에게 피해가 주는 행동이 아니라면 괜찮다고요. 오히려 마지막까지 잘해야 한다는 부담감이 나를 망칠 수도 있고, 또 끝까지 최선을 다하지 않더라도 시작을 했다는 것만으로 의미를 두고 만족하는 삶이 훨씬 즐겁습니다.

서른도 안 된 풋내기 삶 속에서 이렇게 하나씩 저를 행복하게 만드는 방법을 알아가는 거 같아 나이를 먹는 일이 기대가 돼요. 저희 부모님들을 봐 왔듯, 어른이 된다는 건 단순히 나이를 먹는 것 이상으로 자신을 섬세하게 알게 되는 과정 같습니다. 앞으로 저는 과거의 상처를 되돌아보는 것보다 현실을 바라보고 미래를 꿈꾸겠습니다. 그게 스스로를 위한 일이고 저희 가족 모두를 위한 옳은 방법인 것 같아요.

여러분들이 기대하는 해피 엔딩은 아닐 수도 있지만 가족들과 제가 적당히 잘 살고 있으면 그것만으로도 괜찮지 않나요? 엄마 둘과 아빠 하나, 동생이 하나인 삶이 가끔 버거울 때가 있어도 그렇기 때문에 특별한 순간들이 찾아오니깐요. 만약 여러분들도 남들과 조금 다른 삶을 살고 계시다면 주눅들지 말고 다른 삶에 대한 특별함을 찾아보는 시간을 가져보세요. 저는 그 순간들이 모여 인생을 찬란하게 만들 때가 분명 찾아올 거라고 생각합니다.